U0080329

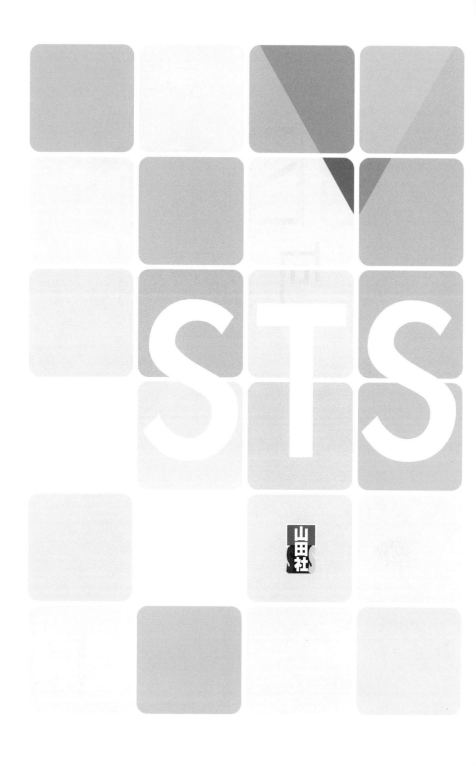

これだけで日本語がうまく話せる

☆ 獻給馬上想要說日語的您 ☆

全新版 溜日本話

54句就行啦

上原小百合◎著

山田社

前言
preface

說日語可不可以不用想文法，
那就，用54個句型就好了！

《溜日本話54句就行啦》
出全新版啦！
這本書讓你在學習日語的過程中，
好學！不枯燥！不無聊！

最基礎！
精選一天24小時中
最常用到的54個基本句型
輕鬆學會！

最實用！
常遇到的場景、常用的單詞
再配合超可愛的插圖
讓您隨時套用。

最簡單！
句型配合單字
不用想太多，就能輕鬆説日語！

最快說！
每一個句型，就有3個情境
也就是「１個句型×３個情境」
＝盡情説日語！

目錄
contents

第一章 假名與發音

假名跟發音是怎麼來的,跟我們國字之間又有什麼密切的關係呢?

第二章 先寒暄一下

哪些寒暄句是日本人常用,會說這幾句話,日本人就會對您很親切喔!

第三章 簡單基本句型

讓您天南地北的把日語說個夠,是哪 54 個簡單基本句型呢?

目録

contents

第四章 說一下自己

簡單的基本句型就可以説這麼多

假名就是中國字

　　告訴你，其實日本文字「假名」就是中國字呢！為什麼？我來說明一下。日本文字假名有兩種，一個叫平假名，一個是叫片假名。平假名是來自中國漢字的草書，請看下面：

安→あ

以→い

衣→え

　　平假名「あ」是借用國字「安」的草書；「い」是借用國字「以」的草書；而「え」是借用國字「衣」的草書。雖然，草書草了一點，但是只要多看幾眼，就能知道哪個字，也就可以記住平假名囉！

　　片假名是由國字楷書的部首，演變而成的。如果說片假名是國字身體的一部份，可是一點也不為過的！請看：

宇→ウ

江→エ

於→オ

「ウ」是「宇」上半部的身體，「エ」是「江」右邊的身體，「オ」是「於」左邊的身體。片假名就是簡單吧！

清音

日語假名共有七十一個，分為清音、濁音、半濁音和撥音四種。

平假名清音表（五十音圖）				
あ a	い i	う u	え e	お o
か ka	き ki	く ku	け ke	こ ko
さ sa	し shi	す su	せ se	そ so
た ta	ち chi	つ tsu	て te	と to
な na	に ni	ぬ nu	ね ne	の no
は ha	ひ hi	ふ fu	へ he	ほ ho
ま ma	み mi	む mu	め me	も mo
や ya		ゆ yu		よ yo
ら ra	り ri	る ru	れ re	ろ ro
わ wa				を o
				ん n

片假名清音表（五十音圖）

ア a	イ i	ウ u	エ e	オ o
カ ka	キ ki	ク ku	ケ ke	コ ko
サ sa	シ shi	ス su	セ se	ソ so
タ ta	チ chi	ツ tsu	テ te	ト to
ナ na	ニ ni	ヌ nu	ネ ne	ノ no
ハ ha	ヒ hi	フ fu	ヘ he	ホ ho
マ ma	ミ mi	ム mu	メ me	モ mo
ヤ ya		ユ yu		ヨ yo
ラ ra	リ ri	ル ru	レ re	ロ ro
ワ wa				ヲ o

濁音

　日語發音有清音跟濁音。例如，か[ka]和が[ga]、た[ta]和だ[da]、は[ha]和ば[ba]等的不同。不同在什麼地方呢？不同在前者發音時，聲帶不振動；相反地，後者就要振動聲帶了。

　濁音一共有二十個假名，但實際上不同的發音只有十八種。濁音的寫法是，在濁音假名右肩上打兩點。

濁音表				
が ga	ぎ gi	ぐ gu	げ ge	ご go
ざ za	じ ji	ず zu	ぜ ze	ぞ zo
だ da	ぢ ji	づ zu	で de	ど do
ば ba	び bi	ぶ bu	べ be	ぼ bo

半濁音

　　介於「清音」和「濁音」之間的是
「半濁音」。因為,它既不能完全歸入「清
音」,也不屬於「濁音」,所以只好讓它
「半清半濁」了。半濁音的寫法是,在濁音
假名右肩上打上一個小圈。

半濁音表				
ぱ pa	ぴ pi	ぷ pu	ぺ pe	ぽ po

第二章
寒暄一下

おはようございます。

ohayoo gozaimasu　　　　　早安。

こんにちは。

konnichiwa　　　　　你好。

こんばんは。

konbanwa　　　　　你好。（晚上見面時用）

おやすみなさい。

oyasuminasai　　　　　晚安。（睡前用）

どうも。

doomo　　　　　謝謝。

さようなら。

sayoonara 　　　　　　　　 再見

失礼します。
しつれい

shitsuree shimasu 　　　　　 先走一步了。

それでは。

soredewa 　　　　　　　　 那麼（再見）。

バイバイ。

baibai 　　　　　　　　 Bye-Bye。

じゃあね。

jaane 　　　　　　　　 Bye囉。

はい。

hai   是。

はい、そうです。

hai, soo desu   對，沒錯。

わかりました。

wakarimashita   知道了。（一般）

かしこまりました。

kashikomarimashita   知道了。（較鄭重）

しょうち承知しました。

shoochi shimashita   知道了。（鄭重）

ありがとうございました。

arigatoo gozaimashita　　　　謝謝。

どうも。

doomo　　　　　　　　　　謝謝。

すみません。

sumimasen　　　　　　　　不好意思。

ご親切にどうもありがとう。

goshinsetsu ni doomo arigatoo　您真親切，謝謝。

お世話になりました。

osewa ni narimashita　　　　謝謝照顧。

いいえ。

iie

不客氣。

どういたしまして。

doo itashimashite

不客氣。

大丈夫ですよ。
<small>だいじょうぶ</small>

daijoobu desuyo

不要緊。

こちらこそ。

kochira koso

我才要謝你呢。

気にしないで。
<small>き</small>

ki ni shinaide

不要在意。

すみません。

sumimasen　　　　　　　　　　對不起。

<ruby>失<rt>しつ</rt></ruby><ruby>礼<rt>れい</rt></ruby>しました。

shitsuree shimashita　　　　　失禮了。

ごめんなさい。

gomennasai　　　　　　　　　　對不起。

<ruby>申<rt>もう</rt></ruby>し<ruby>訳<rt>わけ</rt></ruby>ありません。

mooshiwake arimasen　　　　　非常抱歉。

ご<ruby>迷惑<rt>めいわく</rt></ruby>をおかけしました。

gomeewaku　o okake shimashita　給您添麻煩了。

Track
1-11

すみません。

sumimasen   不好意思。

ちょっといいですか。

chotto ii desuka   可以耽誤一下嗎？

ちょっとすみません。

chotto sumimasen   打擾一下。

ちょっとうかがいますが。

chotto ukagaimasuga   請問一下。

旅行のことですが。

ryokoo no koto desuga   我想問有關旅行的事。

1-12

今は何時ですか。

ima wa nanji desuka　　　現在幾點？

これは何ですか。

kore wa nan desuka　　　這是什麼？

ここはどこですか。

koko wa doko desuka　　　這裡是哪裡？

それはどんな本ですか。

sore wa donna hon desuka　那是怎麼樣的書？

なんていう川ですか。

nante iu kawa desuka　　　河川名叫什麼？

　我常用的寒暄句

中文	日文

第三章
基本句型

| 名詞＋です。 | | Track 1-13 |

我叫田中。

使用場合

田中です。
たなか

tanaka desu

自我介紹、情報、介紹國籍

> **Point**

★ 本單元「相關」的內容

自我介紹	情報	介紹國籍
陳 ちん chin	本 ほん hon	日本人 に ほんじん nihon-jin

★ 常聽到日本人說的句子

田中です。
た なか
tanaka desu

我是田中。

学生です。
がくせい
gakusee desu

我是學生。

林です。
りん
rin desu

我姓林。

重點
說明

對方問您叫什麼名字、從哪裡來、那是什麼…等，
都可以用這個句型，簡單地告訴對方喔！

「是＋A」 ［請替換下面的單字］

A＋です。
desu

替換看看

1. 自我介紹

● 陳 _{ちん}
chin
陳

● 李 _{リー}
rii
李

● 山田 _{やまだ}
yamada
山田

● 鈴木 _{すずき}
suzuki
鈴木

23

2. 情報

● 本 _{ほん}
hon
書

● 自転車 _{じてんしゃ}
jiten-sha
腳踏車

● 仕事 _{しごと}
shigoto
工作

● 学生 _{がくせい}
gakusee
學生

3. 介紹國籍

● 日本人 _{にほんじん}
nihon-jin
日本人

● アメリカ人 _{じん}
amerika-jin
美國人

● ドイツ人 _{じん}
doitsu-jin
德國人

● フランス人 _{じん}
furansu-jin
法國人

數量＋です。

── 500日圓。

ごひゃくえん
500円です。

gohyaku-en desu

使用場合

談論價錢、購物、年齡…

Point

★ **本單元「相關」的內容**

金錢	購物	年齡
に せんえん **二千円** nisen-en	いちまい **一枚** ichi-mai	はたち **二十歳** hatachi

★ **常聽到日本人說的句子**

ごひゃくえん
500円です。
gohyaku-en desu

500日圓。

にじゅう
20ドルです。
nijuu-doru desu

20美金。

せんえん
千円です。
sen-en desu

是一千元。

重點說明

回答跟金錢、購物，甚至年齡有關的問題，都可以用這個句型喔！

「是＋A」

[請替換下面的單字]

A＋です。
desu

替換看看

1. 金錢

● 二千円
にせんえん
nisen-en
二千日圓

● 5ドル
go-doru
5元美金

● 100円
えん
hyaku-en
100日圓

● 一万円
いちまんえん
ichiman-en
一萬日圓

2. 購物

● 一枚
いちまい
ichi-mai
一張

● 一杯
いっぱい
ippai
一杯

● 二本
にほん
ni-hon
兩支

● 一山
ひとやま
hito-yama
一堆

3. 年齡

● 二十歳
はたち
hatachi
二十歳

● 一つ
ひと
hitotsu
一歳；一個

● 九つ
ここの
kokonotsu
九歳

● 五十九歳
ごじゅうきゅうさい
gojuukyuu-sai
五十九歳

形容詞＋です。

┌─ 很高。

たか
高いです。
takai desu

使用場合

感覺、外觀、
學習…

▸ *Point*

★ 本單元「相關」的內容

感覺	外觀	學習
たの 楽しい tanoshii	きれい kiree	むずかしい muzukashii

26

★ 常聽到日本人說的句子

たか
高いです。
takai desu

很高。

さむ
寒いです。
samui desu

很冷。

おいしいです。
oishii desu

很好吃。

重點
說明

「我覺得很…耶」，不管是心情啦、外觀啦、還是學
習上的感受啦，只要是感覺，都可以用喔！

「很＋A」 ［請替換下面的單字］

A＋です。
desu

替換看看

1. 感覺

- 楽しい
たの
tanoshii
快樂

- 危ない
あぶ
abunai
很危險

- 速い
はや
hayai
很快

- 暗い
くら
kurai
很暗

2. 外觀

- きれい
kiree
漂亮

- 若い
わか
wakai
年輕

- かわいい
kawaii
可愛

- 冷たい
つめ
tsumetai
冷淡

3. 學習

- むずかしい
muzukashii
難

- やさしい
yasashii
簡單

- おもしろい
omoshiroi
有趣

- まじめ
majime
認真

名詞＋は＋名詞＋です。

— 我是學生。

私は学生です。
わたし　がくせい

watashi wa gakusee desu

使用場合

職業、國籍、
指示…

> **Point**

★ 本單元「相關」的內容

職業	國籍	指示
妹 ／ 看護婦 いもうと　かんごふ imooto ／ kangofu	彼／アメリカ人 かれ　　　　　じん kare ／ amerika-jin	あれ／象 ぞう are ／ zoo

★ 常聽到日本人說的句子

私は学生です。
わたし　がくせい
watashi wa gakusee desu   我是學生。

これはパンです。
kore wa pan desu   這是麵包。

父は先生です。
ちち　せんせい
chichi wa sensee desu   爸爸是老師。

重點
說明

跟對方說「A＝B」喔！用這個句型就對了！簡單地
告訴對方，這是什麼、我的職業、國籍…等吧！

「A＋是＋B」 ［請替換下面的單字］

A＋は＋B＋です。
wa　　　　desu

替換看看

1. 職業

● 妹（いもうと）／看護婦（かんごふ）
imooto ／ kangofu
妹妹／護士

● 姉（あね）／モデル
ane ／ moderu
姐姐／模特兒

● 兄（あに）／サラリーマン
ani ／ sarariiman
哥哥／上班族

2. 國籍

● 彼（かれ）／アメリカ人（じん）
kare ／ amerika-jin
他／美國人

● あの人（ひと）／フィリピン人（じん）
ano hito ／ firipin-jin
那個人／菲律賓人

3. 指示

● あれ／象（ぞう）
are ／ zoo
那／大象

● あれ／マンション
are ／ manshon
那／高級公寓

● これ／ミルク
kore ／ miruku
這／牛奶

● それ／椅子（いす）
sore ／ isu
那／椅子

Chapter 5

名詞＋の＋名詞＋です。

我的包包。

使用場合

私_{わたし}のかばんです。

watashi no kaban desu

情報、時間、材質…

Point

★ 本單元「相關」的內容

情報	時間	材質、產地
兄_{あに}／自転車_{じてんしゃ}	明日_{あした}／午後六時_{ごごろくじ}	イタリア／靴_{くつ}
ani ／ jiten-sha	ashita ／ gogo roku-ji	itaria ／ kutsu

★ 常聽到日本人說的句子

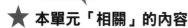

私_{わたし}のかばんです。
watashi no kaban desu

我的包包。

日本_{にほん}の車_{くるま}です。
nihon no kuruma desu

日本車。

妹_{いもうと}の傘_{かさ}です。
imooto no kasa desu

是妹妹的雨傘。

重點
說明

跟對方說，這是「A 的 B」喔！用這個句型就對了！
常用來告訴對方 A 的情報、時間、材質或產地…內
容等。

「A＋的＋B」 ［請替換下面的單字］

A＋の＋B＋です。
no　　　　desu

替換看看

1. 情報

● **兄／自転車**
ani ／ jiten-sha
哥哥／腳踏車

● **姉／ハンカチ**
ane ／ hankachi
姐姐／手帕

● **先生／本**
sensee ／ hon
老師／書

● **主人／パソコン**
shujin ／ pasokon
老公／電腦

2. 時間

● **明日／午後六時**
ashita ／ gogo roku-ji
明天／下午六點

● **今夜／七時**
konya ／ shichi-ji
今晚／七點

3. 材質、產地

● **イタリア／靴**
itaria ／ kutsu
義大利／鞋子

● **スイス／牛乳**
suisu ／ gyuunyuu
瑞士／牛奶

● **台湾／バナナ**
taiwan ／ banana
台灣／香蕉

● **フランス／パン**
furansu ／ pan
法國／麵包

Chapter 6

名詞＋ですか。

你是日本人嗎？

日本人ですか。
にほんじん

nihon-jin desuka

使用場合

目的、期間、
國籍…

Point

★ 本單元「相關」的內容

目的	期間	國籍
仕事 しごと shigoto	一ヶ月 いっかげつ ikkagetsu	イギリス人 じん igirisu-jin

★ 常聽到日本人說的句子

日本人ですか。
にほんじん

nihon-jin desuka

是日本人嗎？

どなたですか。
donata desuka

哪一位？

台湾人ですか。
たいわんじん

taiwan-jin desuka

是台灣人嗎？

重點
說明

簡單地説，就是疑問的用法。想問對方的目的啦、
期間多長啦、國籍啦…等，都很好用。

「是＋A＋嗎？」 ［請替換下面的單字］

A＋ですか。
desuka

替換看看

1. 目的

● **仕事**
shigoto
工作

● **学校**
gakkoo
學校

● **出張**
shucchoo
出差

● **旅行**
ryokoo
旅行

33

2. 期間

● **一ヶ月**
ikkagetsu
一個月

● **一週間**
isshuukan
一個禮拜

● **一日以内**
ichi-nichi inai
一天之內

● **一年**
ichi-nen
一年

3. 國籍

● **イギリス人**
igirisu-jin
英國人

● **インド人**
indo-jin
印度人

● **中国人**
chuugoku-jin
中國人

● **イタリア人**
itaria-jin
義大利人

Track 1-19

那裡是廁所嗎？

トイレはあれですか。

toire wa are desuka

使用場合

方向、來源、
特定日期…

> Point

★ 本單元「相關」的內容

方向	來源	特定日期
ひじょうぐち 非常口／そこ hijoo-guchi ／ soko	しゅっしん ご出身／どちら go-shusshin ／ dochira	たんじょうび 誕生日／あさって tanjoobi ／ asatte

34

★ 常聽到日本人說的句子

トイレはあれですか。
toire wa are desuka

那裡是廁所嗎？

えき
駅はここですか。
eki wa koko desuka

車站是這裡嗎？

でぐち
出口はあそこですか。
deguchi wa asoko desuka

出口是那裡嗎？

重點
說明

這也就是「A=B嗎？」的疑問用法喔！例如，要詢
問事物的位置、東西的來源、節日的時間…等，都
可以用這個句型。

「A＋是＋B嗎？」 ［請替換下面的單字］

A＋は＋B＋ですか。
wa ／ desuka

替換看看

1. 方向

● 非常口（ひじょうぐち）／そこ
hijoo-guchi ／ asoko
逃生門／那裡

● スイッチ／あれ
suicchi ／ are
開關／那個

2. 來源

● ご出身（しゅっしん）／どちら
go-shusshin ／ dochira
籍貫、畢業／哪裡

● 国（くに）／どこ
kuni ／ doko
國籍／哪裡

3. 特定日期

● 誕生日（たんじょうび）／あさって
tanjoobi ／ asatte
生日／後天

● バレンタイン／来週（らいしゅう）の金曜日（きんようび）
barentain ／ raishuu no kin-yoobi
情人節／下星期五

Chapter 8

名詞＋は＋形容詞＋ですか。

── 這裡痛嗎？

ここは痛いですか。

koko wa itai desuka

使用場合

氣候、人物特徵、情報…

> **Point**

★ 本單元「相關」的內容

氣候	人物特徵	情報
今日／寒い kyoo／samui	顔／きれい kao／kiree	これ／おいしい kore／oishii

36

★ 常聽到日本人說的句子

ここは痛いですか。
koko wa itai desuka

這裡痛嗎？

駅は遠いですか。
eki wa tooi desuka

車站遠嗎？

北海道は寒いですか。
hokkaidoo wa samui desuka

北海道冷嗎？

重點說明

明天冷嗎？她美嗎？這個很貴嗎？想針對人事物，問特質是不是這樣時，就用這一句型喔！

「A＋B＋嗎？」 ［請替換下面的單字］

A＋は＋B＋ですか。
wa　　　　　desuka

替換看看

1. 氣候

● 今日（きょう）／寒（さむ）い
kyoo ／ samui
今天／很冷

● 来週（らいしゅう）／涼（すず）しい
raishuu ／ suzushii
下禮拜／很涼

● あさって／暖（あたた）かい
asatte ／ atatakai
後天／很溫暖

● 夏（なつ）／暑（あつ）い
natsu ／ atsui
夏天／很熱

2. 人物特徵

● 顔（かお）／きれい
kao ／ kiree
臉／很漂亮

● 先生（せんせい）／若（わか）い
sensee ／ wakai
老師／很年輕

● 目（め）／大（おお）きい
me ／ ookii
眼睛／很大

● 声（こえ）／低（ひく）い
koe ／ hikui
聲音／很低沉

37

3. 情報

● これ／おいしい
kore ／ oishii
這個／好吃

● 値段（ねだん）／高（たか）い
nedan ／ takai
價錢／很貴

● 部屋（へや）／きれい
heya ／ kiree
房間／很整潔

● かばん／丈夫（じょうぶ）
kaban ／ joobu
皮包／很耐用

── 不是義大利人？

使用場合

イタリア人ではありません。

itaria-jin dewa arimasen

食物、物品、動
植物、大自然、
家電…

Point

⭐ 本單元「相關」的內容

食物、物品	動植物、大自然	家電
こうちゃ **紅茶** koocha	とり **鳥** tori	れいぞうこ **冷蔵庫** reezooko

⭐ 常聽到日本人說的句子

イタリア人ではありません。
itaria-jin dewa arimasen　　不是義大利人。

辞書ではありません。
jisho dewa arimasen　　不是字典。

川ではありません。
kawa dewa arimasen　　不是河川。

重點
說明

要有禮貌地說，這不是某食物、物品、家電、動物
…等，就用這一句型。

「不是＋A」 ［請替換下面的單字］

A +ではありません。
dewa arimasen

替換看看

1. 食物、物品

● 紅茶
こうちゃ
koocha
紅茶

● 灰皿
はいざら
haizara
煙灰缸

● 電子辞書
でんし じしょ
denshi-jisho
電子字典

● バス
basu
公車

2. 動植物、大自然

● 鳥
とり
tori
鳥

● バラ
bara
玫瑰

● 犬
いぬ
inu
狗

● 山
やま
yama
山

3. 家電

● 冷蔵庫
れいぞうこ
reezooko
電冰箱

● 扇風機
せんぷうき
senpuuki
電風扇

● リモコン
rimokon
遙控器

● 電話
でんわ
denwa
電話

Chapter 10

形容詞＋ですね。

好熱喔！

暑いですね。
あつ

atsui desune

使用場合

個性、味道、
外觀…

▶ *Point*

★ 本單元「相關」的內容

個性	味道	外觀
明るい あか akarui	すっぱい suppai	新しい あたら atarashii

★ 常聽到日本人說的句子

暑いですね。
あつ
atsui desune

好熱喔！

寒いですね。
さむ
samui desune

好冷喔！

甘いですね。
あま
amai desune

好甜喔！

重點
說明

想表達「啊！喔！呀！」等感嘆心情，或希望對方
能跟自己有相同的感覺，如眼前的人事物的個性、
味道、外觀…等，都很好用喔！

「好＋A＋喔！」 ［請替換下面的單字］

A＋ですね。
desune

替換看看

1. 個性

● 明^{あか}るい
akarui
開朗

● 元気^{げん き}
genki
有朝氣

● 品^{ひん}がいい
hin ga ii
有氣質

● ハンサム
hansamu
英俊

2. 味道

● すっぱい
suppai
好酸

● おいしい
oishii
好吃

● 苦^{にが}い
nigai
好苦

● 塩辛^{しおから}い
shiokarai
好鹹

3. 外觀

● 新^{あたら}しい
atarashii
很新

● 明^{あか}るい
akarui
很亮

● 丸^{まる}い
marui
很圓

● 古^{ふる}い
furui
很舊

好漂亮的人喔！

きれいな人ですね。

kiree na hito desune

使用場合

運動比賽、形狀大小、飲食…

Point

★ 本單元「相關」的內容

運動比賽	形狀大小	飲食
面白い／試合 omoshiroi ／ shiai	大きい／家 ookii ／ ie	おいしい／店 oishii ／ mise

42

★ 常聽到日本人說的句子

きれいな人ですね。
kiree na hito desune

好漂亮的人喔！

素敵な建物ですね。
suteki na tatemono desune

好棒的建築物喔！

いい天気ですね。
ii tenki desune

好好的天氣喔！

重點說明

旅途中一定會有很多很多的驚嘆號吧？例如比賽、形狀、味道很怎樣的時候，要說「好…喔！」，就很好用喔！

「好＋A＋B＋喔！」〔請替換下面的單字〕

A＋B＋ですね。
desune

替換看看

1. 運動比賽

● **面白い／試合**
omoshiroi ／ shiai

有趣的／比賽

● **激しい／競争**
hageshii ／ kyoosoo

激烈的／競爭

2. 形狀大小

● **大きい／家**
ookii ／ ie

大的／房子

● **短い／スカート**
mijikai ／ sukaato

短的／裙子

● **小さい／窓**
chiisai ／ mado

小的／窗戶

● **厚い／布団**
atsui ／ fudon

厚的／棉被

3. 飲食

● **おいしい／店**
oishii ／ mise

好吃的／店家

● **いい／席**
ii ／ seki

好的／位子

Chapter 12

名詞＋でしょう。

― 是晴天吧！

は
晴れでしょう。
hare deshoo

使用場合

天氣、時間、
看病…

• *Point*

★ 本單元「相關」的內容

天氣	時間	看病
あらし 嵐 arashi	さ らいしゅう 再来 週 saraishuu	しょく 食あたり shoku-atari

★ 常聽到日本人說的句子

は
晴れでしょう。
hare deshoo

是晴天吧！

くも
曇りでしょう。
kumori deshoo

是陰天吧！

あめ
雨でしょう。
ame deshoo

會下雨吧！

重點
說明

「我想是…吧」有不確定、或委婉地下結論的語氣。
常用來説天氣、時間、病狀…等，應該是怎樣的時
候。

「是＋A＋吧！」 ［請替換下面的單字］

A+でしょう。

deshoo

替換看看

1. 天氣

● 嵐
arashi
暴風雨

● 雪
yuki
雪

● 風
kaze
風

● 台風
taifuu
颱風

45

2. 時間

● 再来週
saraishuu
下下禮拜

● 金曜日
kin-yoobi
星期五

● 今晩
konban
今晩

● 一時間後
ichi-jikan-go
一小時後

3. 看病

● 食あたり
shoku-atari
食物中毒

● 熱
netsu
發燒

● アレルギー
arerugii
過敏

● 虫歯
mushiba
蛀牙

吃飯。

ご飯を食べます。
gohan o tabemasu

使用場合

自然現象、閒暇、學習、能力…

> Point

★ 本單元「相關」的內容

自然現象	閒暇	學習、能力
空を飛び sora o tobi	レストランを予約し resutoran o yoyaku-shi	日本語を勉強し nihon-go o benkyoo-shi

★ 常聽到日本人說的句子

ご飯を食べます。
gohan o tabemasu

吃飯。

タバコを吸います。
tabako o suimasu

抽煙。

音楽を聴きます。
ongaku o kikimasu

聽音樂。

重點說明

要表示某種自然現象，或是要做某種休閒活動，甚至是我會某種能力，都能用這一句喔！

46

「A」。 ［請替換下面的單字］

A+ます。
masu

替換看看

1. 自然現象

● 空を飛び
sora o tobi
在空中飛

● 雨が降り
ame ga furi
下雨

● 木の葉が落ち
ko no ha ga ochi
樹葉凋謝

● 花が咲き
hana ga saki
開花

2. 閒暇

● レストランを予約し
resutoran o yoyaku-shi
預約餐廳

● 写真を撮り
shashin o tori
拍照

● つりをし
tsuri o shi
釣魚

● コンサートに行き
konsaato ni iki
去演唱會

3. 學習、能力

● 日本語を勉強し
nihon-go o benkyoo-shi
學日語

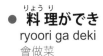

● 料理ができ
ryoori ga deki
會做菜

● 三キロ泳げ
san-kiro oyoge
能游三公里

● 英語を話し
ee-go o hanashi
說英語

從台灣來。

タイワン き
台湾から来ました。
taiwan kara kimashita

使用場合
故郷、產地、洲名…

📍 Point

★ 本單元「相關」的內容

故郷	產地	洲名
かんこく 韓国 kankoku	ベトナム betonamu	アジア ajia

★ 常聽到日本人說的句子

タイワン き
台湾から来ました。
taiwan kara kimashita　　　　從台灣來。

き
アメリカから来ました。
amerika kara kimashita　　　　從美國來。

ちゅうごく き
中国から来ました。
chuugoku kara kimashita　　　　從中國來。

重點説明

要告訴對方自己是從哪裡來的，例如國家、故鄉、產地或州名…等，都可以用這個句型喔！

「從＋A＋來」 ［請替換下面的單字］

A+から来ました。
kara　　　kimasita

替換看看

1. 故鄉

● **韓国**
kankoku

韓國

● **イギリス**
igirisu

英國

● **フランス**
furansu

法國

● **インド**
indo

印度

49

2. 產地

● **ベトナム**
betonamu

越南

● **ドイツ**
doitsu

德國

● **イタリア**
itaria
義大利

● **カナダ**
kanada

加拿大

3. 洲名

● **アジア**
ajia

亞洲

● **ヨーロッパ**
yooroppa
歐洲

● **北米**
hokubee
北美洲

● **オーストラリア**
oosutoraria

澳洲

Chapter 15

名詞（動詞名詞形）＋ましょう。

── 來打電動玩具吧！

使用場合

ゲームをしましょう。
geemu o shimashoo

運動、玩樂、
生活…

▶ **Point**

★ **本單元「相關」的內容**

運動	玩樂	生活
テニスをし tenisu o shi	えい が み 映画を見 eega o mi	うた うた 歌を歌い uta o utai

★ **常聽到日本人說的句子**

ゲームをしましょう。
geemu o shimashoo

來打電動玩具吧！

えい が　　み
映画を見ましょう。
eega o mimashoo

來看電影吧！

しょう ぎ
将 棋をしましょう。
shoogi o shimashoo

來玩將棋吧。

重點
說明

一起來做某件事吧！想要邀請對方一起做運動、玩
樂、購物…等，用這句就沒錯啦！

「來＋A＋吧！」 ［請替換下面的單字］

A+ましょう。
mashoo

替換看看

1. 運動

● テニスをし
tenisu o shi
打網球

● 練習（れんしゅう）し
rensshuu-shi
練習

● ストレッチし
sutorecchi-shi
暖身

● 公園（こうえん）まで走（はし）り
kooen made hashiri
跑到公園

51

2. 玩樂

● 映画（えいが）を見（み）
eega o mi
看電影

● スキーをし
sukii o shi
滑雪

● トランプをし
toranpu o shi
玩撲克牌

● マンガを読（よ）み
manga o yomi
看漫畫

3. 生活

● 歌（うた）を歌（うた）い
uta o utai
唱歌

● チャットし
chatto-shi
聊天

● ネットで調（しら）べ
netto de shirabe
查網路

● 買（か）い物（もの）に行（い）き
kaimono ni iki
去買東西

Chapter 16

名詞＋をください。

Track 1-28

─ 請給我牛肉。

ビーフをください。

biifu o kudasai

使用場合

圖畫文字、購物、吃喝…

Point

★ 本單元「相關」的內容

圖畫文字	購物	吃喝
レシード	スカート	コーヒー
reshiido	sukaato	koohii

52

★ 常聽到日本人說的句子

ビーフをください。
biifu o kudasai

請給我牛肉。

これをください。
kore o kudasai

給我這個。

ち ず
地図をください。
chizu o kudasai

請給我地圖。

重點
說明

很有禮貌地麻煩對方給自己某物，不管是要書籍文具、購物、點餐…等，都能用這個句型。

「給我＋A」　[請替換下面的單字]

A+をください。
o　kudasai

替換看看

1. 圖畫文字

● レシード
reshiido
收據

● テキスト
tekisuto
教科書

● 絵本
ehon
繪本

● 雑誌
zasshi
雜誌

2. 購物

● スカート
sukaato
裙子

● セーター
seetaa
毛衣

● 傘
kasa
雨傘

● ズボン
zubon
褲子

3. 吃喝

● コーヒー
koohii
咖啡

● ワイン
wain
葡萄酒

● ラーメン
raamen
拉麵

● 寿司
sushi
壽司

Chapter 17

數量＋ください。

Track 1-29

一 給我一個。

ひと
一つください。
hitotsu kudasai

使用場合

購物(點餐)、
文具、飲食…

Point

★ 本單元「相關」的內容

購物(點餐)	文具	飲食
ひと **一つ** hitotsu	いっこ **一個** ikko	ひとはこ **一箱** hito-hako

54

★ 常聽到日本人說的句子

ひと
一つください。
hitotsu kudasai

給我一個。

ひとやま
一山ください。
hitoyama kudasai

給我一堆。

いっぽん
一本ください。
ippon kudasai

請給我一支。

重點
說明

您要幾個？購物、買文具、點餐…時，都能用這個
句型。清楚地告訴對方自己要多少喔！

「給我＋A」　［請替換下面的單字］

A＋ください。

kudasai

替換看看

1. 購物（點餐）

● 一つ
ひと
hitotsu
一個

● 六つ
むっ
muttsu
六個

● 九つ
ここの
kokonotsu
九個

● 八つ
やっ
yattsu
八個

2. 文具

● 一個
いっこ
ikko
一個

● 二枚
に まい
ni-mai
兩張

● 三冊
さんさつ
san-satsu
三本

● 半ダース
はん
han-daasu
半打

3. 飲食

● 一箱
ひとはこ
hito-hako
一盒

● 一人前
いちにんまえ
ichi-ninmae
一人份

● 少し
すこ
sukoshi
一點

● もっと
motto
多一些

Chapter 18

名詞＋を＋数量＋ください。

― 給我一個。

使用場合

ピザを一つ<ruby>一<rt>ひと</rt></ruby>つください。
piza o hitotsu kudasai

飲食、購物、
動植物…

> **Point**

★ 本單元「相關」的內容

飲食	購物	動植物
お水／一杯 omizu ／ ippai	ノート／一冊 nooto／ issatsu	ワンちゃん／一匹 wan-chan ／ ippiki

★ 常聽到日本人說的句子

ピザを一つください。
piza o hitotsu kudasai　　　　給我一個披薩。

切符を２枚ください。
kippu o ni-mai kudasai　　　　給我兩張車票。

ビールを一杯ください。
biiru o ippai kudasai　　　　請給我一杯啤酒。

重點
說明

不管是飲食啦、購物啦、動植物…等，只要是要告
訴對方某物要幾個，這個句型都很好用。

「給我＋A＋B」 ［請替換下面的單字］

A+を+ B+ください。
o kudasai

替換看看

1. 飲食

● お水／一杯
omizu ／ ippai
白開水／一杯

● ギョーザ／二つ
gyooza ／ futatsu
水餃／兩個

● バナナ／一房
banana ／ hito-fusa
香蕉／一串

2. 購物

● ノート／一冊
nooto ／ issatsu
筆記本／一本

● タオル／二枚
taoru ／ ni-mai
毛巾／兩條

● タバコ／ワンカートン
tabako ／ wan-kaaton
香菸／一條

● いす／一脚
isu ／ ikkyaku
椅子／一把

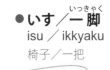

3. 動植物

● ワンちゃん／一匹
wan-chan ／ ippiki
小狗／一隻

● 花／一束
hana ／ hito-taba
花／一束

● カーネーション／一輪
kaaneeshon ／ ichi-rin
康乃馨／一朵

Chapter 19

動詞＋ください。

Track **1-31**

請給我看一下。

見せてください。
(み)

misete kudasai

使用場合

學習、幫忙、
請求…

Point

★ 本單元「相關」的內容

學習	幫忙	請求
書いて (か)	取って (と)	見て (み)
kaite	totte	mite

★ 常聽到日本人說的句子

見せてください。
(み)
misete kudasai

請給我看一下。

教えてください。
(おし)
oshiete kudasai

請告訴我。

待ってください。
(ま)
matte kudasai

請等一下。

重點
說明

要開口請對方幫忙做事就用這個句型！不管是學習、幫忙、請求…等，都可以用喔！

「請+A」

[請替換下面的單字]

A+ください。
kudasai

替換看看

1. 學習

- 書^かいて
kaite
寫

- 見^みて
mite
看

- 読^よんで
yonde
閱讀

- 言^いって
itte
說

2. 幫忙

- 取^とって
totte
拿

- 開^あけて
akete
開

- 呼^よんで
yonde
叫

- 洗^{あら}って
aratte
洗

3. 請求

- 見^みて
mite
看一下

- 入^{はい}って
haitte
進來

- 止^とまって
tomatte
停下來

- 通^{とお}して
tooshite
借過一下

請換房間。

使用場合

部屋を変えてください。

heya o kaete kudasai

飯店、交通、學習…

> **Point**

★ 本單元「相關」的內容

飯店	交通	學習
ルームサービス／頼んで ruumu-saabisu／tanonde	右（に）／曲がって migi ni／magatte	これを／説明して kore o／setsumee-shite

★ 常聽到日本人說的句子

 部屋を変えてください。
heya o kaete kudasai　　　　請換房間。

 警察を呼んでください。
keesatsu o yonde kudasai　　　請叫警察。

 部屋を掃除してください。
heya o shooji-shite kudasai　　請打掃房間。

重點說明　　不管是在飯店請求打掃房間、坐車、學習…等，都能用這個句型，這是有禮貌地拜託對方的說法喔！

「請＋A＋B」 ［請替換下面的單字］

A ＋を(で…)＋ B ＋ください。
o　　(de)　　　　　　kudasai

替換看看

1. 飯店

● ルームサービス／頼んで
ruumu-saabisu ／ tanonde
客房服務／叫

● エアコン／つけて
eakon ／ tsukete
空調／開

2. 交通

● 右（に）／曲がって
migi ni ／ magatte
向右／轉

● そこ（で）／止まって
soko de ／ tomatte
在那裡／停

3. 學習

● これを／説明して
kore o ／ setsumee-shite
這個／說明

● 漢字で／書いて
kanji de ／ kaite
用漢字／寫

Chapter 21

形容詞＋動詞＋ください。

── 請趕快起床。

使用場合

早^{はや}く起^おきてください。

hayaku okite kudasai

學校、料理方式、購物…

Point

★ 本單元「相關」的內容

學校	料理方式	購物
わかりやすく ／言^いって wakari-yasuku ／ itte	よく／炒^{いた}めて yoku ／ itamete	短^{みじか}く／つめて mijikaku ／ tsumete

★ 常聽到日本人說的句子

早^{はや}く起^おきてください。
hayaku okite kudasai

請趕快起床。

きれいに掃除^{そうじ}してください。
kiree ni sooji-shite kudasai

請打掃乾淨。

やさしく説明^{せつめい}してください。
yasashiku setsumee-shite kudasai

請簡單說明。

重點
說明

在學校學習、料理方式或購物…等，告訴對方事情
應該要怎麼做時，都可以用喔！

「請＋A＋B」 ［請替換下面的單字］

A＋B＋ください。
kudasai

替換看看

1. 學校

● **わかりやすく／言^いって**
wakari-yasuku ／ itte
淺顯易懂地／講

● **静^{しず}かに／歩^{ある}いて**
shizuka ni ／ aruite
安靜地／走路

63

2. 料理方式

● **よく／炒^{いた}めて**
yoku ／ itamete
好好地／炒

● **薄^{うす}く／塗^ぬって**
usuku ／ nutte
薄／塗

● **小^{ちい}さく／切^きって**
chiisaku ／ kitte
小塊／切

● **きれいに／洗^{あら}って**
kiree ni ／ aratte
乾淨地／洗

3. 購物

● **短^{みじか}く／つめて**
mijikaku ／ tsumete
縮短／長度

● **きれいに／包^{つつ}んで**
kiree ni ／ tsutsunde
漂亮地／包

● **ゆるく／して**
yuruku ／ shite
寬鬆／改

● **安^{やす}く／売^うって**
yasuku ／ utte
便宜／賣

請算便宜一點。

安<ruby>安<rt>やす</rt></ruby>くしてください。

yasuku shite kudasai

使用場合

購物、房間、
人際關係…

・・・

> **Point**

★ 本單元「相關」的內容

購物	房間	人際關係
<ruby>短<rt>みじか</rt></ruby>く	<ruby>広<rt>ひろ</rt></ruby>く	<ruby>静<rt>しず</rt></ruby>かに
mijikaku	hiroku	shizuka ni

★ 常聽到日本人說的句子

・・・

<ruby>安<rt>やす</rt></ruby>くしてください。
yasuku shite kudasai

請算便宜一點。

<ruby>早<rt>はや</rt></ruby>くしてください。
hayaku shite kudasai

請快一點。

<ruby>明<rt>あか</rt></ruby>るくしてください。
akaruku shite kudasai

請(弄)亮。

> 重點
> 說明

簡單來說，就是要求對方要這麼做，買東西啦、居家啦、人際關係啦…等，都可以用。

「請（弄）＋A」 ［請替換下面的單字］

A＋してください。
shite　kudasai

替換看看

1. 購物

● 短_{みじか}く
mijikaku
短

● きれいに
kiree ni
漂亮

● ゆるく
yuruku
寬鬆

● かわいく
kawaiku
可愛

65

2. 房間

● 広_{ひろ}く
hiroku
寬廣

● 暖_{あたた}かく
atatakaku
溫暖

● 涼_{すず}しく
suzushiku
涼快

● 暗_{くら}く
kuraku
暗

3. 人際關係

● 静_{しず}かに
shizuka ni
安靜點

● やさしく
yasashiku
溫柔點

● おとなしく
otonashiku
安分點

● おもしろく
omoshiroku
有趣點

Chapter 23

名詞＋いくらですか。

— 這個多少錢？

使用場合

これ、いくらですか。

kore, ikura desuka

購物、飯店、
交通…

・Point

★ 本單元「相關」的內容

購物	飯店	交通
レコード	**ダブルルーム**	かたみち **片道**
rekoodo	daburu-ruumu	katamichi

★ 常聽到日本人說的句子

これ、いくらですか。
kore, ikura desuka

這個多少錢？

おとな
大人、いくらですか。
otona, ikura desuka

大人要多少錢？

ぼうし
帽子いくらですか。
booshi ikura desuka

帽子多少錢？

重點
說明

不管是購物、住飯店、交通…等，只要是問價錢多
少，都能用這一句型問喔！

「A＋多少錢？」 ［請替換下面的單字］

A＋いくらですか。
ikura desuka

替換看看

1. 購物

● レコード
rekoodo
唱片

● ネクタイ
nekutai
領帶

● スカーフ
sukaafu
絲巾

● 指輪
yubiwa
戒指

2. 飯店

● ダブルルーム
daburu-ruumu
雙人房(雙人床的)

● シングルルーム
shinguru-ruumu
單人房

● ツインルーム
tsuin-ruumu
雙人房(兩張單人床)

● 部屋二つ
heya futatsu
兩間房間

3. 交通

● 片道
katamichi
單程

● 往復
oofuku
來回

● 自由席
jiyuu-seki
自由座

● 指定席
shitee-seki
對號座

Chapter 24

数量＋いくらですか。

一個多少錢？

使用場合

ひと
一つ、いくらですか。

飯店、購物、飲食…

hitotsu, ikura desuka

Point

★ 本單元「相關」的內容

飯店	購物	飲食
いっぱく **一泊** ippaku	ひとたば **一束** hito-taba	いちにんまえ **一人前** ichi-ninmae

68

★ 常聽到日本人說的句子

ひと
一つ、いくらですか。
hitotsu, ikura desuka

一個多少錢？

いちじかん
一時間、いくらですか。
ichi-jikan, ikura desuka

一個小時多少錢？

いっちゃく
一着いくらですか。
i-cchaku ikura desuka

一套多少錢？

重點說明

不管是住飯店、購物、點餐…等，想問價錢時，這一句型就很好用。

「A＋多少錢？」 ［請替換下面的單字］

A+いくらですか。
ikura　　　　desuka

替換看看

1. 飯店

● 一泊
いっぱく
ippaku
一晚

● 半日
はんにち
han-nichi
半天

● 三泊四日
さんぱくよっか
sannpaku-yokka
四天三夜

● 一時間
いちじかん
ichi-jikan
一個小時

2. 購物

● 一束
ひとたば
hito-taba
一束

● 一袋
ひとふくろ
hito-fukuro
一袋

● 一台
いちだい
ichi-dai
一台

● 一足
いっそく
issoku
一雙

3. 飲食

● 一人前
いちにんまえ
ichi-ninmae
一人份

● 五杯
ごはい
go-hai
五杯

● 一皿
ひとさら
hito-sara
一盤

● ワンセット
wan-setto
一組

Chapter 25

名詞＋數量＋いくらですか。

── 這個一個多少錢？

使用場合

これ、一(ひと)ついくらですか。

kore, hitotsu ikura desuka

購物、飲食、
動植物…

Point

★ 本單元「相關」的內容

購物	飲食	動植物
ハイヒール／ 一足(いっそく) haihiiru ／ issoku	刺身(さしみ)／一人前(いちにんまえ) sashimi ／ ichi-ninmae	犬(いぬ)／一匹(いっぴき) inu ／ ippiki

★ 常聽到日本人說的句子

これ、一(ひと)ついくらですか。
kore, hitotsu ikura desuka　　這個一個多少錢？

刺身(さしみ)、一人前(いちにんまえ)いくらですか。
sashimi, ichi-ninmae ikura desuka　生魚片一人份多少錢？

くつ一足(いっそく)いくらですか。
kutsu issoku ikura desuka　　鞋一雙多少錢？

重點
說明

某物購買某數量多少錢啊？購物、點餐、動植物…
等，都可以用這個句型喔！

「A＋B＋多少錢？」 ［請替換下面的單字］

A+B+いくらですか。
ikura　　　desuka

替換看看

1. 購物

● ハイヒール／一足
haihiiru ／ issoku
高跟鞋／一雙

● たまご／ワンパック
tamago ／ wan-pakku
蛋／一盒

● 手袋／一組
tebukuro ／ hito-kumi
手套／一組

● カメラ／一台
kamera ／ ichi-dai
相機／一台

2. 飲食

● 刺身／一人前
sashimi ／ ichi-ninmae
生魚片／一人份

● ビール／一杯
biiru ／ ippai
啤酒／一杯

● 焼き鳥／一本
yakitori ／ ippon
烤雞串／一支

● ラーメン／一杯
raamen ／ ippai
拉麵／一碗

3. 動植物

● 犬／一匹
inu ／ ippiki
狗狗／一隻

● 金魚／五匹
kingyo ／ go-hiki
金魚／五隻

● バラ／一本
bara ／ ippon
玫瑰花／一朵

● ねぎ／一束
negi ／ hito-taba
蔥／一把

── 這個一個多少錢？

新聞はありますか。
しんぶん
shinbun wa arimasuka

使用場合
飯店(設施、設備)、飲食、家電…

Point

⭐ 本單元「相關」的內容

飯店(設施、設備)	飲食	家電
ファックス fakkusu	**しょうゆ** shooyu	**エアコン** eakon

72

⭐ 常聽到日本人說的句子

しんぶん
新聞はありますか。
shinbun wa arimasuka
有報紙嗎？

せき
席はありますか。
seki wa arimasuka
有位子嗎？

テレビはありますか。
terebi wa arimasuka
有電視嗎？

重點說明

住飯店啦、點餐啦、購物啦…等，找不到東西就用這個句型問對方，有沒有這樣的東西啊！

「有＋A＋嗎？」 ［請替換下面的單字］

A＋はありますか。
wa arimasuka

替換看看

1. 飯店(設施、設備)

- ● ファックス
  fakkusu
  傳真機

- ● ジム
  jimu
  健身房

- ● 金庫
  きんこ
  kinko
  保險箱

- ● プール
  puuru
  游泳池

2. 飲食

- ● しょうゆ
  shooyu
  醬油

- ● ケチャップ
  kechappu
  番茄醬

- ● 砂糖
  さとう
  satoo
  砂糖

- ● 塩
  しお
  shio
  鹽巴

3. 家電

- ● エアコン
  eakon
  空調冷氣

- ● 冷蔵庫
  れいぞうこ
  reezooko
  冰箱

- ● アイロン
  airon
  熨斗

- ● 衛星放送
  えいせいほうそう
  eesee-hoosoo
  衛星節目

Chapter 27

場所＋はありますか。

Track 1-39

有郵局嗎？

使用場合

郵便局はありますか。
ゆうびん きょく

yuubin-kyoku wa arimasuka

交通、觀光、
住宿…

`Point`

★ 本單元「相關」的內容

交通	觀光	住宿
バス停 てい basu-tee	庭園 ていえん teeen	ホテル hoteru

★ 常聽到日本人說的句子

郵便局はありますか。
ゆうびんきょく

yuubin-kyoku wa arimasuka 有郵局嗎？

銭湯はありますか。
せんとう

sentoo wa arimasuka　　　　有大眾澡堂嗎？

映画館はありますか。
えい が かん

eega-kan wa arimasuka　　　有電影院嗎？

重點
說明

請問對方有沒有這樣的地點啊？不管是坐車、觀光
或住宿…等，就用這個句型來問吧！

「有＋A＋嗎？」 ［請替換下面的單字］

A＋はありますか。
wa　arimasuka

替換看看

1. 交通

● バス停_{てい}
basu-tee
公車站

● 駅_{えき}
eki
車站

● コインパーク
koin-paaku
投幣式停車場

● ガソリンスタンド
gasorin-sutando
加油站

75

2. 觀光

● 庭園_{ていえん}
teeen
庭園

● 公園_{こうえん}
kooen
公園

● 美術館_{びじゅつかん}
bijutsu-kan
美術館

● スキー場_{じょう}
sukii-joo
滑雪場

3. 住宿

● ホテル
hoteru
飯店

● 民宿_{みんしゅく}
minshuku
民宿

● 旅館_{りょかん}
ryokan
旅館

● モーテル
mooteru
汽車旅館

Chapter 28

形容詞＋名詞＋はありますか。

Track 1-40

— 有便宜的位子嗎？

使用場合

安い席はありますか。
yasui seki wa arimasuka

購物、觀光、住宿…

` Point

★ 本單元「相關」的內容

購物	觀光	住宿
黑い／ハイヒール kuroi ／ haihiiru	古い／神社 furui ／ jinja	広い／家 hiroi ／ ie

★ 常聽到日本人說的句子

安い席はありますか。
yasui seki wa arimasuka　　有便宜的位子嗎？

赤いスカートはありますか。
akai sukaato wa arimasuka　　有紅色的裙子嗎？

大きい部屋はありますか。
ookii heya wa arimasuka　　有大的房間嗎？

重點說明

請問對方有沒有這樣的東西啊？購物、觀光、住宿…時，找不到東西時，就具體地說明它的樣子，來問對方吧。

「有＋A＋B＋嗎？」［請替換下面的單字］

A＋B＋はありますか。
wa arimasuka

替換看看

1. 購物

● 黒い／ハイヒール
kuroi ／ haihiiru
黑色的／高跟鞋

● かわいい／下着
kawaii ／ shitagi
可愛的／內衣

2. 觀光

● 古い／神社
furui ／ jinja
古老的／神社

● 面白い／テーマパーク
omoshiroi ／ teema-paaku
有趣的／主題樂園

3. 住宿

● 広い／家
hiroi ／ ie
寬敞的／家

● 安い／旅館
yasui ／ ryokan
便宜的／旅館

廁所在哪裡？

トイレはどこですか。

toire wa doko desuka

使用場合

購物(店家地點)、流行廣場、閒暇…

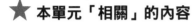

> *Point*

★ 本單元「相關」的內容

購物(店家地點)	流行廣場	閒暇
いちば **市場** ichiba	すいぞくかん **水族館** suizoku-kan	せんとう **銭湯** sentoo

78

★ 常聽到日本人說的句子

トイレはどこですか。
toire wa doko desuka

廁所在哪裡？

コンビニはどこですか。
konbini wa doko desuka

便利商店在哪裡？

デパートはどこですか。
depaato wa doko desuka

百貨公司在哪裡？

重點說明

您知道它在哪裡嗎？想問商店、流行廣場、遊樂場所…等，地點位置在哪裡時，用這一句型就對了。

「A＋在哪裡？」 ［請替換下面的單字］

A＋はどこですか。
wa doko desuka

替換看看

1. 購物（店家地點）

● 市場（いちば）
ichiba
市場

● 土産物屋（みやげものや）
miyagemono-ya
名產店

● スーパー
suupaa
超市

● コンビニ
konbini
便利超商

2. 流行廣場

79

● 水族館（すいぞくかん）
suizoku-kan
水族館

● 美容院（びよういん）
biyoo-in
美容院

● 遊園地（ゆうえんち）
yuuenchi
遊樂園

● 劇場（げきじょう）
geki-joo
劇場

3. 閒暇

● 銭湯（せんとう）
sentoo
澡堂

● プール
puuru
游泳池

● 駅（えき）
eki
車站（電車、火車站）

● 自動販売機（じどうはんばいき）
jidoo-hanbaiki
自動販賣機

簡單基本句型

Chapter 30

名詞＋をお願いします。

麻煩給我行李。

荷物をお願いします。

nimotsu o onegai shimasu

使用場合

飯店、餐廳、窗口…

Point

★ 本單元「相關」的內容

飯店	餐廳	窗口
しんぶん **新聞** shinbun	**メニュー** menyuu	りょうがえ **両替** ryoogae

★ 常聽到日本人說的句子

に もつ　　　　ねが
荷物をお願いします。
nimotsu o onegai shimasu

麻煩給我行李。

かんじょう　　　ねが
お勘定をお願いします。
okanjoo o onegai shimasu

麻煩結帳。

せんたくもの　　　　ねが
洗濯物をお願いします。
sentaku-mono o onegai shimasu

麻煩你我要送洗。

重點說明

在飯店、餐廳、銀行窗口…等，要麻煩對方為自己做某事，就用這個句型有禮貌地拜託對方吧。

「麻煩你我要＋A」 ［請替換下面的單字］

A＋をお願いします。
o onegai shimasu

替換看看

1. 飯店

● **新聞**
shinbun
報紙

● **ルームサービス**
ruumu-saabisu
客房服務

● **チェックイン**
chekku-in
住宿登記

● **チェックアウト**
chekku-auto
住宿退房

2. 餐廳

● **メニュー**
menyuu
菜單

● **注文**
chuumon
點餐

● **予約**
yoyaku
預約

● **領収書**
ryooshuu-sho
收據

3. 窗口

● **両替**
ryoogae
兌幣

● **小銭**
kozeni
零錢

● **お札**
o-satsu
鈔票

● **一枚**
ichi-mai
一張

track 1-43

― 麻煩我要空運。

航空便でお願いします。
こうくうびん　　　　ねが

kookuubin de onegai shimasu

使用場合

付費、寄送方式、溝通語言

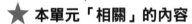

Point

★ 本單元「相關」的內容

付費	寄送方式	溝通語言
一括 いっかつ ikkatsu	ゆうパック yuupakku	中国語 ちゅうごく ご chuugoku-go

82

★ 常聽到日本人說的句子

航空便でお願いします。
こうくうびん　　　　ねが
kookuubin de onegai shimasu　麻煩我要空運。

カードでお願いします。
　　　　　　　　ねが
kaado de onegai shimasu　　　麻煩你我要用信用卡付款。

船便でお願いします。
ふなびん　　　　ねが
funabin de onegai shimasu　　麻煩你我要船運。

重點
說明

要請對方「用…來做某件事」時，就用這個句型。
可以用在付費、郵寄方式、溝通語言…等的時候。

「麻煩你我要＋A」 ［請替換下面的單字］

A＋でお願いします。
de onegai shimasu

替換看看

1. 付費

● 一括
ikkatsu
一次付清

● 現金
genkin
現金

● カード
kaado
刷卡

● 別々
betsubetsu
分開付

2. 寄送方式

● ゆうパック
yuupakku
郵局便利包

● 速達
sokutatsu
限時信件

● 書留
kakitome
掛號

● 小包
kozutsumi
包裹

3. 溝通語言

● 中国語
chuugoku-go
中文

● フランス語
furansu-go
法語

● イギリス語
igirisu-go
英語

● 英語
ee-go
美語

Chapter 32

場所＋までお願いします。

麻煩我到車站。

<ruby>駅<rt>えき</rt></ruby>まで<ruby>お願<rt>ねが</rt></ruby>いします。

使用場合 機關、閒暇、郵件寄送地

eki made onegai shimasu

▶ *Point*

★ 本單元「相關」的內容

機關	閒暇	郵件寄送地
<ruby>消防署<rt>しょうぼうしょ</rt></ruby> shooboo-sho	<ruby>公園<rt>こうえん</rt></ruby> kooen	エジプト ejiputo

★ 常聽到日本人說的句子

<ruby>駅<rt>えき</rt></ruby>まで<ruby>お願<rt>ねが</rt></ruby>いします。
eki made onegai shimasu　麻煩我到車站。

ホテルまで<ruby>お願<rt>ねが</rt></ruby>いします。
hoteru made onegai shimasu　請麻煩我到飯店。

<ruby>郵便局<rt>ゆうびんきょく</rt></ruby>まで<ruby>お願<rt>ねが</rt></ruby>いします。
yuubin-kyoku made onegai shimasu　麻煩我到郵局。

重點說明

要到某地點、某遊樂場所、某郵寄目的地…等，都可以用這個句型，表示要到達的目的地喔！

「麻煩我到＋A」 ［請替換下面的單字］

A＋までお願いします。
made　onegai　shimasu

替換看看

1. 機關

● 消防署
shooboo-sho
消防署

● 銀行
ginkoo
銀行

● 区役所
kuyaku-sho
區公所

● 交番
kooban
派出所

2. 閒暇

● 公園
kooen
公園

● 図書館
tosho-kan
圖書館

● 映画館
eega-kan
電影院

● デパート
depaato
百貨公司

3. 郵件寄送地

● エジプト
ejiputo
埃及

● タイ
tai
泰國

● マレーシア
mareeshia
馬來西亞

● 韓国
kankoku
韓國

Chapter 33

名詞＋數量＋お願いします。

Track 1-45

請給我一張成人票。

おとな いちまい ねが
大人一枚お願いします。

使用場合

買菜、流行、
隨身物品…

otona ichi-mai onegai shimasu

Point

★ 本單元「相關」的內容

買菜
ひとやま
りんご／一山
ringo ／ hito-yama

流行
イヤリング／
ひとくみ
一組
iyaringu ／ hito-kumi

隨身物品
さんさつ
ノート／三冊
nooto ／ san-satsu

★ 常聽到日本人說的句子

おとないちまい ねが
大人一枚お願いします。
otona ichi-mai onegai shimasu　請給我一張成人票。

いっぽん ねが
ビール一本お願いします。
biiru ippon onegai shimasu　請給我一瓶啤酒。

にほん ねが
バラ二本お願いします。
bara ni-hon onegai shimasu　請給我兩朵玫瑰。

重點說明

購物、點餐…等，想清楚地告訴對方，這東西我要多少個，就用這個句型！

「**請給我＋A＋B**」 ［請替換下面的單字］

A + B + お願いします。

onegai shimasu

替換看看

1. 買菜

● **りんご／一山**
ringo ／ hito-yama
蘋果／一堆

● **いか／一杯**
ika ／ ippai
烏賊／一隻

● **すいか／一玉**
suika ／ hito-tama
西瓜／兩個

● **魚／二匹**
sakana ／ ni-hiki
魚／兩條

87

2. 流行

● **イヤリング／一組**
iyaringu ／ hito-kumi
耳環／ 一組

● **シャツ／一枚**
shatsu ／ ichi-mai
襯衫／一件

● **スーツ／一着**
suutsu ／ icchaku
套裝／一套

● **ストッキング／一足**
sutokkingu ／ isssoku
絲襪／一雙

3. 隨身物品

● **ノート／三冊**
nooto ／ san-satsu
筆記本／三本

● **かさ／一本**
kasa ／ ippon
雨傘／一支

● **財布／一個**
saifu ／ ikko
錢包／一個

● **カメラ／一台**
kamera ／ ichi-dai
照相機／一台

烤肉如何？

^{やきにく}
焼肉はどうですか。
yakiniku wa doo desuka

使用場合

飲食、交通工具、動物…

> **Point**

★ 本單元「相關」的內容

飲食	交通工具	動物
<ruby>寿司<rt>す し</rt></ruby>	<ruby>自転車<rt>じ てんしゃ</rt></ruby>	ネコ
sushi	jitensha	neko

88

★ 常聽到日本人說的句子

^{やきにく}
焼肉はどうですか。
yakiniku wa doo desuka　　　烤肉如何？

^{りょこう}
旅行はどうですか。
ryokoo wa doo desuka　　　旅行怎麼樣？

ネクタイはどうですか。
nekutai wa doo desuka　　　領帶如何？

重點
說明

想問對方料理、旅行、某物…等的狀態是如何？
或提出自己的意見，都可以用這個句型喔！

「A＋如何？」　［請替換下面的單字］

A＋はどうですか。
wa doo desuka

替換看看

1. 飲食

● 寿司（すし）
sushi
壽司

● お好み焼き（このみやき）
okonomi-yaki
什錦燒

● たこ焼き（やき）
tako-yaki
章魚丸子

● おでん
oden
關東煮

2. 交通工具

● 自転車（じてんしゃ）
jitensha
腳踏車

● タクシー
takushii
計程車

● 電車（でんしゃ）
densha
電車

● ケーブル
keeburu
電纜車

3. 動物

● ネコ
neko
貓

● チワワ
chiwawa
吉娃娃

● ウサギ
usagi
兔子

● ハムスター
hamusutaa
倉鼠

Chapter 35

時間＋の＋名詞＋はどうですか（どうでしたか） Track 2-02

今年的運勢如何？

使用場合

今年の運勢はどうですか。
ことし　うんせい

kotoshi no unsee wa doo desuka

競賽、氣象、閒暇…

・・

Point

★ 本單元「相關」的內容

競賽	氣象	閒暇
日曜日／試験 にちようび／しけん nichi-yoobi ／ shiken	午後／気温 ごご／きおん gogo ／ kion	昨日／音楽会 きのう／おんがくかい kinoo ／ ongaku-kai

★ 常聽到日本人說的句子

・・・

今年の運勢はどうですか。
ことし　うんせい

kotoshi no unsee wa doo desuka　　今年的運勢如何？

昨日の試験はどうですか。
きのう　しけん

kinoo no shiken wa doo desuka　　昨天的考試如何？

今日の天気はどうですか。
きょう　てんき

kyoo no tenki wa doo desuka　　今天天氣如何？

重點說明

想問比賽啦、天氣啦、遊玩…相關資訊是怎樣時，就可以用這個句型喔！

「A＋的＋B＋如何？」［請替換下面的單字］

A＋の＋B＋はどうですか。
no　　　wa doo　desuka

替換看看

1. 競賽

● 日曜日／試験
にちようび　しけん
nichi-yoobi／shiken
星期天／考試

● 土曜日／試合
どようび　しあい
do-yoobi／shiai
星期六／比賽

2. 氣象

● 午後／気温
ごご　きおん
gogo／kion
下午／氣溫

● 昼間／紫外線
ひるま　しがいせん
hiruma／shigaisen
白天／紫外線指數

3. 閒暇

● 昨日／音楽会
きのう　おんがくかい
kinoo／ongaku-kai
昨天／音樂會

● 先月／旅行
せんげつ　りょこう
sengetsu／ryokoo
上個月／旅行

Chapter 36

名詞＋がいいです。

我要咖啡。

コーヒーがいいです。

koohii ga ii desu

使用場合

點餐、水果、指示…

Point

★ 本單元「相關」的內容

點餐	水果	指示
ラーメン	ブドウ	あれ
raamen	budoo	are

92

★ 常聽到日本人說的句子

コーヒーがいいです。
koohii ga ii desu

我要咖啡。

てんぷらがいいです。
tenpura ga ii desu

我要天婦羅。

これがいいです。
kore ga ii desu

我要這個。

重點說明

我要這個！不管是點餐啦、指示啦…等，要告訴對方我要的是這個時，就可以用這個句型喔！

「我要＋A」 ［請替換下面的單字］

A＋がいいです。
ga　ii　　　desu

替換看看

1. 點餐

● ラーメン
raamen
拉麵

● チャーハン
chaahan
炒飯

● うどん
udon
烏龍麵

● ジュース
juusu
果汁

2. 水果

● ブドウ
budoo
葡萄

● トマト
tomato
蕃茄

● スイカ
suika
西瓜

● チェリー
cherii
櫻桃

3. 指示

● あれ
are
那個

● それ
sore
那個

● これとそれ
kore to sore
這個和那個

● これとこれ
kore to kore
這個和這個

Chapter 37

形容詞＋のがいいです。

我要大的。

_{おお}
大きいのがいいです。
ookii noga ii desu

使用場合

顔色、性質、
外觀…

Point

⭐ 本單元「相關」的內容

顔色	性質	外觀
_{あお}**青い** aoi	_{つめ}**冷たい** tsumetai	_{しかく}**四角い** shikakui

⭐ **常聽到日本人說的句子**

_{おお}
大きいのがいいです。
ookii noga ii desu

我要大的。

_{やす}
安いのがいいです。
yasui noga ii desu

我要便宜的。

_{ちい}
小さいのがいいです。
chiisai noga ii desu

我要小的。

重點
說明

我要這個，而且我要的是什麼樣的顏色、性質、外觀！用這個句型就沒錯啦！

「我要＋A」 ［請替換下面的單字］

A＋のがいいです。
no ga ii desu

替換看看

1. 顔色

● 青_{あお}い
aoi
藍的

● 白_{しろ}い
shiroi
白的

● 黄色_{き いろ}い
kiiroi
黃的

● 黒_{くろ}い
kuroi
黑的

2. 性質

● 冷_{つめ}たい
tsumetai
冰的

● 丈夫_{じょう ぶ}な
joobuna
耐用的

● 普通_{ふ つう}な
futsuuna
普通的

● 賑_{にぎ}やかな
nigiyakana
熱鬧的

3. 外観

● 四角_{し かく}い
shikakui
四方形的

● 長_{なが}い
nagai
長的

● 大_{おお}きい
ookii
大的

● 短_{みじか}い
mijikai
短的

可以喝嗎？

の
飲んでもいいですか。
nondemo ii desuka

使用場合
疑問、學校、
喜怒哀樂…

Point

★ 本單元「相關」的內容

疑問	學校	喜怒哀樂
つか **使って** tsukatte	た **立って** tatte	わら **笑って** waratte

★ 常聽到日本人說的句子

の
飲んでもいいですか。
nondemo ii desuka
可以喝嗎？

し ちゃく
試着してもいいですか。
shichaku-shitemo ii desuka
可以試穿嗎？

た
食べてもいいですか。
tabetemo ii desuka
可以吃嗎？

重點
說明

我可以這樣做嗎？行動前，想先問對方自己能不能
做，就用這一句型。

「可以＋A＋嗎？」 [請替換下面的單字]

A ＋ もいいですか。
mo ii desuka

替換看看

1. 疑問

- 使<small>つか</small>って
  tsukatte
  用

- きいて
  kiite
  問、聽

- 見<small>み</small>て
  mite
  看

- 触<small>さわ</small>って
  sawatte
  摸

2. 學校

- 立<small>た</small>って
  tatte
  站起來

- 座<small>すわ</small>って
  suwatte
  坐下

- 休<small>やす</small>んで
  yasunde
  休息

- 遊<small>あそ</small>んで
  asonde
  玩

3. 喜怒哀樂

- 笑<small>わら</small>って
  waratte
  笑

- 泣<small>な</small>いて
  naite
  哭

- 叫<small>さけ</small>んで
  sakende
  大叫

- 怒<small>おこ</small>って
  okotte
  生氣

Chapter 39

名詞＋動詞＋もいいですか。

可以抽煙嗎？

使用場合

タバコを吸ってもいいですか。

観光、音樂、到他人家作客

tabako o suttemo ii desuka

> *Point*

★ 本單元「相關」的內容

観光	音樂	到他人家作客
作品を ／ 触って sakuhin o ／ sawatte	ピアノを ／ 弾いて piano o ／ hiite	靴を ／ 脱いで kutsu o ／ nuide

98

★ 常聽到日本人說的句子

タバコを吸ってもいいですか。
tabako o suttemo ii desuka 　可以抽煙嗎？

ここに座ってもいいですか。
koko ni suwattemo ii desuka 　可以坐這裡嗎？

写真を撮ってもいいですか。
shashin o tottemo ii desuka 　可以照相嗎？

重點說明

觀光、到他人家作客…時，事前想先詢問對方，自己這樣做可不可以，就用這一句型。

「可以＋A＋B＋嗎？」［請替換下面的單字］

A(を…)＋B＋もいいですか。
o　　　　mo ii　　desuka

替換看看

1. 觀光

● 作品を／触って
sakuhin o ／ sawatte
作品／碰

● 中に／入って
naka ni ／ haitte
裡面／進入

2. 音樂

● ピアノを／弾いて
piano o ／ hiite
鋼琴／彈奏

● 歌を／歌って
uta o ／ utatte
歌／唱

3. 到他人家作客

● 靴を／脱いで
kutsu o ／ nuide
鞋子／脫掉

● ビールを／飲んで
biiru o ／ nonde
啤酒／喝

― 我想吃。

食べたいです。
tabetai desu

使用場合

運動、娛樂、
健康…

Point

★ 本單元「相關」的內容

運動	娛樂	健康
歩き aruki	見 mi	痩せ yase

★ 常聽到日本人說的句子

食べたいです。
tabetai desu

我想吃。

聞きたいです。
kikitai desu

我想聽。

遊びたいです。
asobitai desu

我想玩。

重點
說明

我想做某運動、某娛樂、某健康活動…等，要跟對
方說自己想做某事時，就可以用這一句型喔！

「我想＋A」 ［請替換下面的單字］

A+たいです。
tai   desu

替換看看

1. 運動

● 歩き
ある
aruki
走路

● 泳ぎ
およ
oyogi
游泳

● 飛び
と
tobi
飛、跳

● 走り
はし
hashiri
跑

2. 娛樂

● 見
み
mi
看

● 買い
か
kai
買

● 乗り
の
nori
搭

● 行き
い
iki
去

3. 健康

● 痩せ
や
yase
瘦

● 太り
ふと
futori
胖

● マッサージし
massaaji-shi
按摩

● 休み
やす
yasumi
休息

Chapter 41

場所＋まで、行きたいです。

── 想到澀谷車站。

使用場合

渋谷駅まで行きたいです。
しぶやえき　い

shibuya-eki made ikitai desu

交通、觀光、方位…

Point

★ 本單元「相關」的內容

交通	觀光	方位
最寄り駅 もよえき moyori-eki	横浜 よこはま yokohama	上 うえ ue

102

★ 常聽到日本人說的句子

しぶやえき　い
渋谷駅まで行きたいです。
shibuya-eki made ikitai desu

想到澀谷車站。

なりたくうこう　い
成田空港まで行きたいです。
narita-kuukoo made ikitai desu

想到成田機場。

しんじゅく　い
新宿まで、行きたいです。
shinjuku made , ikitai desu

我想到新宿。

重點說明

我想到這裡！不管是交通、觀光、方向…等，只要是想去某地點、位置，都很好用喔！

「我想到＋A」 ［請替換下面的單字］

A＋まで、行きたいです。
made, ikitai desu

替換看看

1. 交通

● 最寄り駅
moyori-eki
最近的車站

● 東京駅
tookyoo-eki
東京車站

● 成田空港
narita-kuukoo
成田機場

● 羽田空港
haneda-kuukoo
羽田機場

2. 觀光

103

● 横浜
yokohama
横濱

● 原宿
harajuku
原宿

● 青山
aoyama
青山

● 恵比寿
ebisu
惠比壽

3. 方位

● 上
ue
上面

● 下
shita
下面

● 果て
hate
盡頭

● 奥
oku
最裡面

想泡溫泉。

温泉に入りたいです。
onsen ni hairitai desu

使用場合

閒暇、各國佳餚、運動…

Point

★ 本單元「相關」的內容

閒暇	各國佳餚	運動
花火を／見 hanabi o ／ mi	料理を／食べ ryoori o ／ tabe	ゴルフを／し gorufu o ／ shi

104

★ 常聽到日本人說的句子

温泉に入りたいです。
onsen ni hairitai desu

想泡溫泉。

部屋を予約したいです。
heya o yoyaku shitai desu

想預約房間。

映画を見たいです。
eega o mitai desu

想看電影。

重點說明

我想做某事！不管是閒暇活動啦、大啖各國佳餚啦、做運動…等，都可以用這個句型來表示喔！

「想＋A＋B」 ［請替換下面的單字］

A（を…）＋B＋たいです。
o tai desu

替換看看

1. 閒暇

● 花火を／見
hanabi o ／ mi
煙火／看

● コンサートに／行き
konsaato ni ／ iki
演唱會／去聽

2. 各國佳餚

● 料理を／食べ
ryoori o ／ tabe
料理／吃

● カレーを／食べ
karee o ／ tabe
咖哩／吃

● パスタを／食べ
pasuta o ／ tabe
義大利麵／吃

3. 運動

● ゴルフを／し
gorufu o ／ shi
高爾夫球／打

● ヨガを／始め
yoga o ／ hajime
瑜珈／開始

● テニスを／やり
tenisu o ／ yari
網球／打

● 柔道を／学び
juudoo o ／ manabi
柔道／學

Chapter 43

名詞＋を探しています。

Track 2-10

我要找裙子。

スカートを探して
います。
sukaato o sagashite imasu

使用場合

文具用品、隨
身配件、清潔
用品…

> **Point**

★ 本單元「相關」的內容

文具用品	隨身配件	清潔用品
テープ teepu	ハンカチ hankachi	シャンプー shanpuu

★ 常聽到日本人說的句子

スカートを探しています。
sukaato o sagashite imasu　　我要找裙子。

傘を探しています。
kasa o sagashite imasu　　我要找雨傘。

ズボンを探しています。
zubon o sagashite imasu　　我要找褲子。

重點
說明

我在找某文具用品啦、某隨身配件啦、某清潔用品
啦…等，告訴對方自己在找某東西時，就用這個句
型！

「我要找＋A」 ［請替換下面的單字］

(A＋を探しています。)

o　sagashite　imasu

替換看看

1. 文具用品

● **テープ**
teepu
膠帶

● **ふでばこ**
fudebako
筆盒

● **赤ペン**
aka-pen
紅筆

● **バインダー**
baindaa
活頁資料夾

2. 隨身配件

● **ハンカチ**
hankachi
手帕

● **ネクタイ**
nekutai
領帶

● **ベルト**
beruto
皮帶

● **マフラー**
mafuraa
圍巾

3. 清潔用品

● **シャンプー**
shanpuu
洗髮精

● **リンス**
rinsu
潤絲精

● **コンディショナー**
kondishonaa
護髮乳

● **石けん**
sekken
肥皂

想要鞋子。

靴がほしいです。
kutsu ga hoshii desu

使用場合

零食甜點、電
器用品、樂器

・・

★ 本單元「相關」的內容

零食甜點	電器用品	樂器
プリン purin	けいたいでんわ 携帯電話 keetai-denwa	ドラム doramu

★ 常聽到日本人說的句子

・・

くつ
靴がほしいです。
kutsu ga hoshii desu

想要鞋子。

こうすい
香水がほしいです。
koosui ga hoshii desu

想要香水。

テープがほしいです。
teepu ga hosii desu

我要錄音帶。

重點
說明

我想要某物，就用這個句型吧。用在購買零食甜
點、電器用品、樂器…等，要表示自己想要某物的
時候。

「我要＋A」 ［請替換下面的單字］

A+がほしいです。
ga hoshii desu

替換看看

1. 零食甜點

● **プリン**
purin
布丁

● **ゼリー**
zerii
果凍

● **アイスクリーム**
aisukuriimu
冰淇淋

● **ポテトチップス**
poteto-chippusu
洋芋片

2. 電器用品

● **携帯電話**
けいたいでん わ
keetai-denwa
手機

● **ビデオカメラ**
bideo-kamera
錄影機

● **フィルム**
firumu
底片

● **ラジオ**
rajio
收音機

3. 樂器

● **ドラム**
doramu
鼓

● **ピアノ**
piano
鋼琴

● **トランペット**
toranpetto
小喇叭

● **バイオリン**
baiorin
小提琴

┌─ 很會唱歌。

歌が上手です。
うた　じょうず

uta ga joozu desu

使用場合

運動、才藝、
語言…

★ 本單元「相關」的內容

運動	才藝	語言
水泳 すいえい suiee	絵 え e	英語 えいご ee-go

★ 常聽到日本人說的句子

歌が上手です。
うた　じょうず
uta ga joozu desu

很會唱歌。

テニスが上手です。
じょうず
tenisu ga joozu desu

很會打網球。

料理が上手です。
りょうり　じょうず
ryoori ga joozu desu

很會作菜。

重點
說明

要說很擅長於某運動、某才藝、某語言…時，就可
以用這個句型！

「很會＋A」 ［請替換下面的單字］

A＋が上手です。
ga joozu desu

替換看看

1. 運動

● 水泳 (すいえい)
suiee
游泳

● バスケットボール
basuketto-booru
籃球

● 野球 (やきゅう)
yakyuu
棒球

● ピンポン
pinpon
乒乓球

2. 才藝

● 絵 (え)
e
畫圖

● 踊り (おどり)
odori
跳舞

● 手品 (てじな)
tejina
魔術

● 編み物 (あみもの)
amimono
編織

3. 語言

● 英語 (えいご)
ee-go
美語

● 日本語 (にほんご)
nihon-go
日語

● 中国語 (ちゅうごくご)
chuugoku-go
中文

● 台湾語 (たいわんご)
taiwan-go
台語

Chapter 46

形容詞＋すぎます。

Track 2-13

太貴。

<ruby>高<rt>たか</rt></ruby>すぎます。

taka sugimasu

使用場合

外觀、特質、
感覺…

Point

★ 本單元「相關」的內容

外觀	特質	感覺
<ruby>少<rt>すく</rt></ruby>な sukuna	<ruby>速<rt>はや</rt></ruby> haya	えら era

★ 常聽到日本人說的句子

<ruby>高<rt>たか</rt></ruby>すぎます。
taka sugimasu

太貴。

<ruby>大<rt>おお</rt></ruby>きすぎます。
ooki sugimasu

太大。

<ruby>低<rt>ひく</rt></ruby>すぎます。
hiku sugimasu

太低了。

重點
說明

想說外觀、特質、或某種感覺，真的是「太…了」
的時候，就用這個句型告訴對方自己感受吧！

「太＋A」 ［請替換下面的單字］

A＋すぎます。
sugimasu

替換看看

1. 外觀

● 少な
すく
sukuna
少

● 小さ
ちい
chiisa
小

● 厚
あつ
atsu
厚

● 薄
うす
usu
薄

2. 特質

● 速
はや
haya
快

● 難し
むずか
muzukashi
難

● 重
おも
omo
重

● 軽
かる
karu
輕

3. 感覺

● えら
era
偉大、了不起

● うれし
ureshi
高興

● すばらし
subarashi
棒、讚

● うつくし
utsukushi
美

Chapter 47

名詞＋が好きです。

─ 喜歡漫畫。

マンガが<ruby>好<rt>す</rt></ruby>きです。

使用場合

manga ga suki desu

休閒、運動、
音樂種類…

・Point

★ 本單元「相關」的內容

休閒	運動	音樂種類
<ruby>登山<rt>と ざん</rt></ruby>	<ruby>野 球<rt>や きゅう</rt></ruby>	<ruby>演歌<rt>えん か</rt></ruby>
tozan	yakyuu	enka

114

★ 常聽到日本人說的句子

マンガが<ruby>好<rt>す</rt></ruby>きです。
manga ga suki desu

喜歡漫畫。

ゲームが<ruby>好<rt>す</rt></ruby>きです。
geemu ga suki desu

喜歡電玩。

テニスが<ruby>好<rt>す</rt></ruby>きです。
tenisu ga suki desu

喜歡網球。

重點
說明

想說自己喜歡什麼樣的休閒、運動、音樂…等，就
用這個句型來表示吧！

「喜歡＋A」 ［請替換下面的單字］

A＋が好きです。
ga suki desu

替換看看

1. 休閒

● 登山
tozan
爬山

● つり
tsuri
釣魚

● ドライブ
doraibu
兜風

● コレクション
korekushon
收集

115

2. 運動

● 野球
yakyuu
棒球

● サッカー
sakkaa
足球

● ゴルフ
gorufu
高爾夫球

● 水泳
suiee
游泳

3. 音樂種類

● 演歌
enka
演歌

● 民謡
minyoo
民謠

● クラシック
kurashikku
古典樂

● ジャズ
jazu
爵士樂

Chapter 48

名詞＋に興味があります。

Track 2-15

對音樂有興趣。

おんがく きょうみ
音楽に興味があります。

ongaku ni kyoomi ga arimasu

使用場合

政經、才藝、
閒暇…

Point

★ **本單元「相關」的內容**

政經	才藝	閒暇
かんきょうもんだい **環境問題** kankyoo-mondai	げいじゅつ **芸術** geejutsu	しょうせつ **小説** shoosetsu

★ **常聽到日本人說的句子**

おんがく きょうみ
音楽に興味があります。
ongaku ni kyoomi ga arimasu　　對音樂有興趣。

きょうみ
マンガに興味があります。
manga ni kyoomi ga arimasu　對漫畫有興趣。

れきし きょうみ
歴史に興味があります。
rekishi ni kyoomi ga arimasu　對歷史有興趣。

重點
說明

我對某事物很感興趣喔！例如對政經、藝術、休閒
…等，就可以這個句型喔！

「對＋A＋有興趣」 ［請替換下面的單字］

A+に興味があります。
ni kyoomi ga arimasu

替換看看

1. 政經

● 環境問題
kankyoo-mondai
環境問題

● 政治
seeji
政治

● 経済
keezai
經濟

● 株
kabu
股票

2. 才藝

● 芸術
geejutsu
藝術

● 華道
kadoo
花道

● 茶道
sadoo
茶道

● 芝居
shibai
演戲

3. 閒暇

● 小説
shoosetsu
小説

● ドラマ
dorama
偶像劇

● マンガ
manga
漫畫

● 映画
eega
電影

Chapter 49

場所＋で＋活動＋があります。

— 淺草有慶典。

浅草でお祭があります。

使用場合

慶典、課堂經驗、活動…

asakusa de o-matsuri ga arimasu

Point

★ **本單元「相關」的內容**

慶典	課堂經驗	活動
青森／ねぶた祭り あおもり／まつ aomori／nebuta-matsuri	教科書／見た きょう か しょ／み こと kyookasho／mita koto	幼稚園／運動会 よう ち えん／うんどうかい yoochi-en／undoo-kai

★ **常聽到日本人說的句子**

浅草でお祭があります。
あさくさ　　　　まつり
asakusa de o-matsuri ga arimasu

淺草有慶典。

札幌で雪祭りがあります。
さっぽろ　　ゆきまつ
sapporo de yuki-matsuri ga arimasu

札幌有雪祭。

秋田で竿燈祭りがあります。
あき た　　かんとうまつ
akita de kantoo-matsuri ga arimasu

在秋田有竿燈祭。

重點
說明

跟對方說某地方有某活動耶！不管是慶典啦、學習經驗啦、各種活動啦…等，聽懂這個句型資訊就不漏接啦！

「在＋A＋有＋B」 ［請替換下面的單字］

A＋で＋B＋があります。
de　　　　ga　arimasu

替換看看

1. 慶典

● **青森／ねぶた祭り**
あおもり　　まつ

aomori ／ nebuta-matsuri

青森／驅魔祭

● **仙台／七夕祭り**
せんだい　　たなばたまつ

sendai ／ tanabata-matsuri

仙台／七夕祭

2. 課堂經驗

● **教科書／見たこと**
きょうかしょ　　み

kyookasho ／ mita koto

課本／看過

● **授業／聴いたこと**
じゅぎょう　　き

jugyoo ／ kiita koto

課堂／聽過

3. 活動

● **幼稚園／運動会**
ようちえん　　うんどうかい

yoochi-en ／ undoo-kai

幼稚園／運動會

● **武道館／コンサート**
ぶどうかん

budoo-kan ／ konsaato

武道館／演唱會

┌ 頭痛。

頭が痛いです。
あたま　いた

atama ga itai desu

使用場合

臉部器官、四肢部位、軀幹部位…

`Point`

★ 本單元「相關」的內容

臉部器官	四肢部位	軀幹部位
歯 (は) ha	ひざ hiza	腰 (こし) koshi

120

★ 常聽到日本人說的句子

頭が痛いです。
あたま　いた
atama ga itai desu　頭痛。

足が痛いです。
あし　いた
ashi ga itai desu　腳痛。

おなかが痛いです。
いた
onaka ga itai desu　肚子痛。

 重點說明

唉呀！我這裡好痛喔！要表達哪裡痛的時候，就用這個句型。

「A＋痛」

［請替換下面的單字］

A＋が痛いです。
ga itai desu

替換看看

1. 臉部器官

● 歯
ha
牙齒

● 耳
mimi
耳朵

● 目
me
眼睛

● 頭
atama
頭

2. 四肢部位

● ひざ
hiza
膝蓋

● 手
te
手

● 腕
ude
手腕

● 右足
migi-ashi
右腳

3. 軀幹部位

● 腰
koshi
腰部

● むね
mune
胸部

● 背中
senaka
背部

● 胃
i
胃

Chapter 51

物＋をなくしました。

我把錢包弄丟了。

さいふ
財布をなくしました。
saifu o nakushimashita

使用場合

隨身物品、証
件、心理…

> **Point**

★ 本單元「相關」的內容

隨身物品	証件	心理
ゆびわ **指輪** yubiwa	み ぶんしょうめいしょ **身分証明書** mibun-shoomee-sho	じ しん **自信** jishin

★ 常聽到日本人說的句子

さいふ
財布をなくしました。
saifu o nakushimashita　　我把錢包弄丟了。

カメラをなくしました。
kamera o nakushimashita　　我把相機弄丟了。

チケットをなくしました。
chiketto o nakushimashita　　我把票弄丟了。

重點
說明

不管是具體的隨身物品、證件，或是抽象的某心理，
不見了就快用這個句型告訴對方！

「我把＋A＋弄丟了」[請替換下面的單字]

A＋をなくしました。
o nakushimashima

替換看看

1. 隨身物品

● 指輪
yubiwa
戒指

● カード
kaado
信用卡

● めがね
megane
眼鏡

● 腕時計
ude-dokee
手錶

123

2. 証件

● 身分証明書
mibun-shoomee-sho
身分證

● 航空券
kookuu-ken
機票

● パスポート
pasupooto
護照

● 図書カード
tosho-kaado
圖書証

3. 心理

● 自信
jishin
自信

● 感覚
kankaku
感覺

● 力
chikara
力氣

● 勇気
yuuki
勇氣

Chapter 52

場所＋に＋物＋を忘れました。

包包忘在巴士上了。

使用場合

バスにかばんを忘
れました。
basu ni kaban o wasuremashita

交通、觀光玩
樂、飯店住宿

▶Point

★ 本單元「相關」的內容

交通	觀光玩樂	飯店住宿
電車（でんしゃ）／新聞（しんぶん） densha ／ shinbun	映画館（えいがかん）／傘（かさ） eega-kan ／ kasa	バスルーム／腕時計（うでどけい） basu-ruumu ／ ude-dokee

★ 常聽到日本人說的句子

バスにかばんを忘（わす）れました。
basu ni kaban o wasuremashita　　　　包包忘在巴士上了。

部屋（へや）に鍵（かぎ）を忘（わす）れました。
heya ni kagi o wasuremashita　　　　鑰匙忘在房間裡了。

タクシーに傘（かさ）を忘（わす）れました。
takushii ni kasa o wasuremashita　　　傘忘在計程車上了。

重點
說明

糟了！我把某物忘在某處了！例如在交通工具裡、
遊樂地、飯店…等地時，都可以用喔！

「A＋B＋忘在了」 ［請替換下面的單字］

（ A＋に＋B＋を忘_{わす}れました。）

ni　　　　o　wasuremashita

替換看看

1. 交通

● 電車_{でんしゃ}／新聞_{しんぶん}
densha ／ shinbun
電車／報紙

● バス／かばん
basu ／ kaban
公車／皮包

2. 觀光玩樂

125

● 映画館_{えいがかん}／傘_{かさ}
eega-kan ／ kasa
電影院／傘

● 売_うり場_ば／子_こども
uriba ／ kodomo
大賣場／小孩

3. 飯店住宿

● バスルーム／腕時計_{うでどけい}
basu-ruumu ／ ude-dokee
浴室／手錶

● テーブルの上_{うえ}／切符_{きっぷ}
teeburu no ue ／ kippu
桌子的上面／票

Chapter 53

物＋を盗まれました。

包包被偷了。

かばんを<ruby>盗<rt>ぬす</rt></ruby>まれました。
kaban o nusumaremashita

使用場合
車種、電腦周邊設備、家電

Point

⭐ 本單元「相關」的內容

車種	電腦周邊設備	家電
<ruby>自動車<rt>じ どうしゃ</rt></ruby> jidoo-sha	マウス mausu	<ruby>洗濯機<rt>せんたく き</rt></ruby> sentakuki

⭐ 常聽到日本人說的句子

かばんを<ruby>盗<rt>ぬす</rt></ruby>まれました。
kaban o nusumaremashita   包包被偷了。

<ruby>現金<rt>げんきん</rt></ruby>を<ruby>盗<rt>ぬす</rt></ruby>まれました。
genkin o nusumaremashita   錢被偷了。

<ruby>財布<rt>さい ふ</rt></ruby>を<ruby>盗<rt>ぬす</rt></ruby>まれました。
saifu o nusumaremashita   錢包被偷了。

重點說明

要告訴對方或警察，我的東西被偷了，就快用這個句型吧！

「A＋被偷了」 ［請替換下面的單字］

A＋を盗まれました。

o nusumaremashita

替換看看

1. 車種

● **自動車**
jidoo-sha
車子

● **自転車**
jiten-sha
腳踏車

● **オートバイク**
ooto-baiku
摩托車

● **トラック**
torakku
卡車

2. 電腦周邊設備

127

● **マウス**
mausu
滑鼠

● **モニター**
monitaa
螢幕

● **キーボード**
kiiboodo
鍵盤

● **アンプ**
anpu
喇叭

3. 家電

● **洗濯機**
sentakuki
洗衣機

● **冷蔵庫**
reezooko
冰箱

● **ステレオ**
sutereo
音響

● **電子レンジ**
denshi-renji
微波爐

我想去日本。

日本に行きたいと思っています。
nihon ni ikitai to omottte imasu

使用場合

未來夢想、計畫、打算、想法、判斷…

Point

⭐ 本單元「相關」的內容

未來夢想	計畫、打算	想法、判斷
野球選手に なりたい yakyuu-senshu ni naritai	海外旅行した い kaigai-ryokoo-shitai	彼が正しい kare ga tadashii

⭐ 常聽到日本人說的句子

日本に行きたいと思っています。
nihon ni ikitai to omottte imasu　　我想去日本。

あの人が犯人だと思っています。
ano hito ga hanninda to omotte imasu　我想那個人是犯人。

先生になりたいと思っています。
sensee ni naritai to omotte imasu　　我想當老師。

重點
說明

未來夢想、計畫或打算、想法或判斷…等，要表達
自己是怎麼想的，都可以用這個句型表達喔！

「我想＋A」 ［請替換下面的單字］

A＋と思っています。

to omottte imasu

替換看看

1. 未來夢想

● 野球選手になりたい
yakyuu-senshu ni naritai
想當棒球選手

● バレリーナになりたい
bareriina ni naritai
想當芭蕾舞者

2. 計畫、打算

● 海外旅行したい
kaigai-ryokoo-shitai
想出國旅行

● 郊外に住みたい
koogai ni sumitai
想住在郊外

3. 想法、判斷

● 彼が正しい
kare ga tadashii
他是對的

● 彼女は結婚しない
kanojo wa kekkon-shinai
她不會結婚

第四章
說一下自己

1. 我姓李。

Track 2-22

替換看看 ［請替換下面的單字］

我姓＿＿＿。

姓 ＋ です。
desu

- **李**
  リー
  rii
  李

- **キム**
  kimu
  金

- **鈴木**
  すずき
  suzuki
  鈴木

- **田中**
  たなか
  tanaka
  田中

132

★ 常聽到日本人說的句子

はじめまして、楊と申します。
ヨウ　もう
hajimemashite , yoo to mooshimasu　初次見面，我姓楊。

よろしくお願いします。
ねが
yoroshiku onegai shimasu　　　請多指教。

こちらこそ、よろしく。
kochirakoso, yoroshiku　　　我才是，請多指教。

2. 我從台灣來的。

替換看看 ［請替換下面的單字］

我從＿＿＿＿來。

國名＋から来ました。
kara kimashita

- 台湾（タイワン）
  taiwan
  台灣

- イギリス
  igirisu
  英國

- 中国（ちゅうごく）
  chuugoku
  中國

- アメリカ
  amerika
  美國

★ 常聽到日本人說的句子

お国（くに）はどちらですか。
o-kuni wa dochira desuka　您是哪國人？

私（わたし）は台湾人（タイワンじん）です。
watashi wa taiwanjin desu　我是台灣人。

私（わたし）は日本大学（にほんだいがくしゅっしん）出身です。
watashi wa nihon-daigaku shusshin desu　我畢業於日本大學。

---

3. 我是粉領族

Track 2-24

替換看看 ［請替換下面的單字］

我是＿＿＿。
職業 ＋ **です**。
desu

- **学生** がくせい
  gakusee
  學生

- **医者** いしゃ
  isha
  醫生

- **OL** オーエル
  ooeru
  粉領族

- **エンジニア**
  enjinia
  工程師

134

★ 常聽到日本人說的句子

お仕事は何ですか。 しごと なん
o-shigoto wa nan desuka
您從事哪一種工作？

日本語 教 師です。 にほんご きょうし
nihongo kyooshi desu
我是日語老師。

貿易会社で働いています。 ぼうえきがいしゃ はたら
booekigaisha de hataraite imasu
我在貿易公司工作。

二 介紹家人

1. 這是我弟弟。

替換看看 ［請替換下面的單字］

這是＿＿＿。

これは＋ 名詞 ＋です。
kore wa　　　　　　　desu

- 弟（おとうと）
  otooto
  弟弟

- 兄（あに）
  ani
  哥哥

- 姉（あね）
  ane
  姊姊

- 妹（いもうと）
  imooto
  妹妹

★ 常聽到日本人說的句子

この人（ひと）は誰（だれ）ですか？
kono hito wa dare desuka　　　這個人是誰？

弟（おとうと）が一人（ひとり）います。
otooto ga hitori imasu　　　　我有一個弟弟。

弟（おとうと）は私（わたし）より二歳下（にさいした）です。
otooto wa watashi yori ni-sai shita desu　弟弟比我小兩歲。

替換看看 ［請替換下面的單字］

_____公司。

名詞＋の会社です。
no kaisha desu

- 車
  kuruma
  汽車

- コンピューター
  konpyuutaa
  電腦

- 靴
  kutsu
  鞋子

- 薬
  kusuri
  藥品

★ 常聽到日本人說的句子

兄はセールスマンです。
ani wa seerusuman desu　　哥哥是行銷員。

お兄さんの会社はどちらですか。
oniisan no kaisha wa dochira desuka　您哥哥在哪一家公司上班？

ＡＢＣ自動車です。
eebiishii jidoosha desu　　ABC汽車。

3. 我姊姊很活潑

替換看看 ［請替換下面的單字］

我姊姊＿＿＿＿。

姉は＋形容詞＋です。
ane wa　　　　　　desu

- 明<ruby>あか</ruby>るい
akarui
活潑

- やさしい
yasashii
溫柔

- 少<ruby>すこ</ruby>し短気<ruby>たんき</ruby>
sukoshi tanki
有一點性急

- 頑固<ruby>がんこ</ruby>
ganko
頑固

137

★ 常聽到日本人說的句子

姉<ruby>あね</ruby>はけちではありません。
ane wa kechi dewa arimasen　　　　　姊姊不小氣。

姉<ruby>あね</ruby>は友<ruby>とも</ruby>だちが多<ruby>おお</ruby>いです。
ane wa tomodachi ga ooi desu　　　　　姊姊朋友很多。

姉<ruby>あね</ruby>は彼氏<ruby>かれし</ruby>がいません。
ane wa kareshi ga imasen　　　　　姊姊沒有男朋友。

1. 今天真暖和

替換看看 ［請替換下面的單字］

今天很_____。

今日は＋形容詞＋ですね。
kyoo wa　　　　　　　　desune

- 暑い
  あつ
  atsui
  熱

- 寒い
  さむ
  samui
  冷

- 暖かい
  あたた
  atatakai
  溫暖

- 涼しい
  すず
  suzusii
  涼爽

★ 常聽到日本人說的句子

今日はいい天気ですね。
きょう　　てん　き
kyoo wa ii tenki desune　　　今天是好天氣。

雨が降っています。
あめ　ふ
ame ga futte imasu　　　正在下雨。

朝は晴れていました。
あさ　は
asa wa harete imashita　　　早上是晴天。

2. 東京天氣如何？

替換看看 ［請替換下面的單字］

東京的_____如何？

東京の＋四季＋はどうですか。
とうきょう
tookyoo no　　　　wa doo desuka

● 春
はる
haru
春天

● 夏
なつ
natsu
夏天

● 秋
あき
aki
秋天

● 冬
ふゆ
fuyu
冬天

★ 常聽到日本人說的句子

東京の夏は暑いです。
とうきょう なつ あつ
tookyoo no natsu wa atsui desu

東京夏天很熱。

でも、冬は寒いです。
ふゆ さむ
demo, fuyu wa samui desu

但是冬天很冷。

あなたの国はどうですか。
くに
anata no kuni wa doo desuka

你的國家怎麼樣？

替換看看 ［請替換下面的單字］

明天會（是）＿＿＿＿吧！

明日は＋名詞＋でしょう。
ashita wa　　　　deshoo

- 雨
  ame
  雨天

- 晴れ
  hare
  晴天

- 曇り
  kumori
  陰天

- 雪
  yuki
  下雪

140

★ 常聽到日本人說的句子

明日は雨でしょう。
ashita wa ame deshoo　　　明天會下雨吧！

明日は一日中暖かいでしょう。
ashita wa ichinichi-juu atatakai deshoo　明天一整天都很溫暖吧！

今晩の天気はどうでしょう。
konban no tenki wa doo deshoo　　今晚天氣不知道怎麼樣？

4. 東京八月天氣如何？

替換看看 ［請替換下面的單字］

_____的_____如何？

地名＋の＋月＋はどうですか。
no　　　　wa doo　desuka

- とうきょう はちがつ
東京／8月
tookyoo hachigatsu
東京／8月

- ニューヨーク／9月 く がつ
nyuuyooku kugatsu
紐約／9月

- タイペイ じゅうにがつ
台北／12月
taipee juunigatsu
台北／12月

- ペ キン く がつ
北京／9月
pekin kugatsu
北京／9月

★ 常聽到日本人說的句子

7月到8月呢？

しちがつ　　　はちがつ
Q：7月から8月までは。
shichi-gatsu kara hachi-gatsu madewa

很_____。

A：形容詞＋です。
desu

- あつ
暑い
atsui
熱

- すず
涼しい
suzusii
涼爽

替換看看 ［請替換下面的單字］

吃＿＿＿＿。

食物 ＋ を食べ<ruby>食<rt>た</rt></ruby>べます。
o tabemasu

- ● パン
  pan
  麵包

- ● ご<ruby>飯<rt>はん</rt></ruby>
  go-han
  飯

- ● お<ruby>粥<rt>かゆ</rt></ruby>
  o-kayu
  粥

- ● お<ruby>饅頭<rt>まんじゅう</rt></ruby>
  omanjuu
  豆沙包

142

★ 常聽到日本人說的句子

 <ruby>朝<rt>あさ</rt></ruby>ご<ruby>飯<rt>はん</rt></ruby>は<ruby>家<rt>いえ</rt></ruby>で<ruby>食<rt>た</rt></ruby>べます。
asa-gohan wa ie de tabemasu　　早餐在家吃。

パンとサラダを<ruby>食<rt>た</rt></ruby>べました。
pan to sarada o tabemashita　　吃了麵包和沙拉。

 <ruby>朝<rt>あさ</rt></ruby>ご<ruby>飯<rt>はん</rt></ruby>は<ruby>食<rt>た</rt></ruby>べません。
asa-gohan wa tabemasen　　不吃早餐。

2. 喝飲料

替換看看 ［請替換下面的單字］

喝_____。

飲料＋を飲みます。
o nomimasu

- 牛乳（ぎゅうにゅう）
  gyuunyuu
  牛奶

- ジュース
  juusu
  果汁

- コーラ
  koora
  可樂

- ビール
  biiru
  啤酒

★ 常聽到日本人說的句子

お酒（さけ）が好（す）きです。
osake ga suki desu
喜歡喝酒。

よくワインを飲（の）みます。
yoku wain o nomimasu
常喝葡萄酒。

友達（ともだち）と一緒（いっしょ）にビールを飲（の）みます。
tomodachi to issho ni biiru o nomimasu
和朋友一起喝啤酒。

替換看看 ［請替換下面的單字］

做_____嗎？

運動＋をしますか。
o shimasuka

- テニス
tenisu
網球

- 水泳
すいえい
suiee
游泳

- ゴルフ
gorufu
高爾夫球

- サッカー
sakkaa
足球

144

★ 常聽到日本人說的句子

週 二回スポーツをします。
しゅう にかい
shuu ni-kai supootsu o shimasu 一星期做兩次運動。

時々ボーリングをします。
ときどき
tokidoki booringu o shimasu 有時打保齡球。

よく公園を散歩します。
こうえん さんぽ
yoku kooen o sanpo shimashu 常去公園散步。

4. 我的假日

替換看看 ［請替換下面的單字］

你假日做什麼？

Q：休みの日は何をしますか。
yasumi no hi wa nani o shimasuka

看＿＿＿＿。

A：名詞＋を見ます。
o mimasu

- ●テレビ
  terebi
  電視

- ●映画
  eega
  電影

- ●プロ野球
  poroyakyuu
  職業棒球

- ●子ども
  kodomo
  小孩

★ 常聽到日本人說的句子

 彼氏とデートします。
kareshi to deeto shimasu　　和男朋友約會。

 友達とワイワイやります。
tomodachi to waiwai yarimasu　　和朋友說說笑笑。

 カラオケで歌を歌います。
karaoke de uta o utaimasu　　在卡拉OK唱歌。

1. 我喜歡運動

替換看看 ［請替換下面的單字］

喜歡 ＿＿＿＿＿＿＿。

運動 ＋が好きです。
ga suki desu

- **バスケットボール**
  basuketto-booru
  打籃球

- **バレーボール**
  baree-booru
  打排球

- **ゴルフ**
  gorufu
  打高爾夫球

- **釣り**
  tsuri
  釣魚

★ 常聽到日本人說的句子

 どんなスポーツが好きですか。
donna supootsu ga suki desuka　　你喜歡什麼樣的運動？

 よく水泳をします。
yoku suiee o shimasu　　常游泳。

スポーツ観戦が好きです。
supootsu-kansen ga suki desu　　喜歡看運動比賽。

2. 我的嗜好

替換看看 ［請替換下面的單字］

您的興趣是什麼？

Q：ご趣味は何ですか。
go-shumi wa nan desuka

A：名詞＋動詞＋ことです。
koto desu

● 料理を／作る
ryoori o tsukuru
做／菜

● 習字を／する
shuuji o suru
練／字

● 映画を／見る
eega o miru
看／電影

● 釣りを／する
tsuri o suru
釣／魚

替換看看 ［請替換下面的單字］

真是會＿＿＿呀。

専長＋が上手ですね。
ga joozu desune

● 歌
uta
唱歌

● 水泳
suiee
游泳

1. 我的出生日

替換看看 ［請替換下面的單字］

我的生日是＿＿＿＿＿＿＿。

私の誕生日は＋月日＋です。
watashi no tanjoobi wa　　　　　　desu

● 1月20日
ichigatsu hatsuka
1月20號

● 4月24日
shigatsu nijuuyokka
4月24號

● 8月8日
hachigatsu yooka
8月8號

● 12月10日
juunigatsu tooka
12月10號

★ **常聽到日本人說的句子**

 お誕生日はいつですか。
o-tanjoobi wa itsu desuka　　您的生日是什麼時候？

 12月生まれです。
juuni-gatsu umare desu　　我12月出生。

ねずみ年です。
nezumi-doshi desu　　我屬鼠。

2. 我的星座

替換看看 ［請替換下面的單字］

我是_____。

私は＋星座＋です。
watashi wa　　　desu

● 水瓶座
みずがめざ
mizugame-za
水瓶座

● 獅子座
ししざ
shishi-za
獅子座

● 牡羊座
おひつじざ
ohitsuji-za
牡羊座

● 牡牛座
おうしざ
oushi-za
金牛座

替換看看 ［請替換下面的單字］

_____是什麼樣的個性？

星座 ＋はどんな性格ですか。
　　　 wa donna　seekaku desuka

● 双子座
ふたござ
futago-za
雙子座

● 蟹座
かにざ
kani-za
巨蟹座

● 魚座
うおざ
uo-za
雙魚座

● 乙女座
おとめざ
otome-za
處女座

2-40

★ 常聽到日本人說的句子

獅子座(の人)は明るいです。
shishiza(nohito)wa akarui desu

獅子座（的人）很活潑。

天秤座は女優が多いです。
tenbinza wa joyuu ga ooi desu

很多天秤座都當女演員。

魚座は芸術的才能があります。
uoza wa geejutsuteki sainoo ga arimasu　雙魚座很有藝術天份。

150

山羊座はお金に困らないです。
yagiza wa okane ni komaranai desu　魔羯座從不缺錢。

星座から見ると二人は合いますよ。
seeza kara miru to futari wa aimasuyo　　從星座來看兩個人很適合喔。

● 完璧主義
kanpeki-shugi
完美主義

● 勤勉
kinben
勤勞

● 誠実
seejitsu
誠實

● のんびり
nonbiri
悠閒

七 談夢想

1. 我想當歌手

替換看看 ［請替換下面的單字］

將來我想當_____。

将来＋名詞＋になりたいです。
shoorai　　　　　ni naritai　　desu

- **歌手**
  kashu
  歌手

- **医者**
  isha
  醫生

- **先生**
  sensee
  老師

- **看護婦**
  kangofu
  護士

★ 常聽到日本人說的句子

将来、何になりたいですか。
shoorai, nani ni naritai desuka　　　以後想做什麼？

どうしてですか。
dooshite desuka　　　為什麼？

歌が好きだからです。
uta ga sukidakara desu　　　因為喜歡唱歌。

替換看看 ［請替換下面的單字］

現在最想要什麼？

Q：今、何がほしいですか。
ima, nani ga hoshii desuka

想要＿＿＿。

A：名詞＋がほしいです。
ga hoshii desu

- 車
  kuruma
  車

- 恋人
  koibito
  情人

- 時間
  jikan
  時間

- お金
  okane
  錢

★ 常聽到日本人說的句子

なぜ、お金がほしいですか。
naze, okane ga hoshii desuka　　　為什麼想要錢？

もっと勉強したいからです。
motto benkyoo shitai kara desu　　　因為想再進修。

旅行したいからです。
ryokoo shitai kara desu　　　因為想旅行。

3. 將來想住的家

替換看看 ［請替換下面的單字］

將來想住什麼樣的房子？

Q：将来、どんな家に住みたいですか。

shoorai, donna ie ni sumitai desuka

想住在＿＿＿。

A：名詞＋に住みたいです。

ni sumitai desu

- 大きな家
  ookina ie
  很大的房子

- マンション
  manshon
  高級公寓

- 別荘
  bessoo
  別墅

- 一戸建て
  ikkodate
  透天厝

想住什麼樣的城鎮？

Q：どんな町に住みたいですか。

donna machi ni sumitai desuka

想住在＿＿＿城鎮。

A：形容詞＋町に住みたいです。

machi ni sumitai desu

- にぎやかな
  nigiyakana
  熱鬧的

- 緑の多い
  midori no ooi
  很多綠地的

溜日本話
54句就行啦

發行人…………… 林德勝

著者………………上原小百合　著

出版發行…………山田社文化事業有限公司

106台北市大安區安和路一段112巷17號7樓

Tel：02-2755-7622

Fax：02-2700-1887

郵政劃撥…………19867160 號　大原文化事業有限公司

經銷商……………聯合發行股份有限公司

新北市新店區寶橋路235巷6弄6號2樓

Tel：02-2917-8022

Fax：02-2915-6275

印刷………………上鎰數位科技印刷有限公司

法律顧問…………林長振法律事務所　林長振律師

定價………………新臺幣299元

出版日……………2015年 5 月